MOEWIG
SCIENCE FICTION

Zum Buch

Sieben Kurzgeschichten eines Meisters der Science Fiction werden in diesem Band präsentiert.

Expedition zur Sonne, die Titelgeschichte, schildert den Flug eines Raumschiffs, das sich – eingeschlossen in einen Eiskometen – auf eine gefährliche Forschungsreise in die Nähe der Sonne begibt.

Die Tausendfüßler ist die Erzählung von einem Wissenschaftler, der mit Hilfe einer fremden Rasse irdische Gangster besiegt.

Der trojanische Punkt ist ein sehr gefährliches Versteck, wie ein entflohener Sträfling feststellen muß.

Feuerfest handelt von den Schwierigkeiten, im schwerelosen Raum eine Explosion herbeizuführen.

Der Ernteplanet führt dem Leser vor Augen, daß auch Aliens bei ihrer Nahrungsbeschaffung nicht gerade zimperlich sind.

Die Findlingssterne schildert die dramatische Suche zweier Raumschiffe im All.

Der Mechaniker beschreibt die Gefahr, die von einem neuen, synthetischen Organismus ausgeht, der in den irdischen Meeren auftaucht.

Zum Autor

Hal Clement (eigentlich Harry Clement Stubbs) wurde 1922 in Massachusetts/USA geboren. Er studierte an der Harvard-Universität und schloß sein Studium 1943 mit dem Bachelor of Science ab. Im zweiten Weltkrieg war er Pilot bei der Air Force. 1951 bis 1953 fungierte er als technischer Berater der Luftwaffe; danach ging er als Lehrer an die Milton Academy.

Clements erste SF-Story *Proof* erschien 1942 in *Astounding Science Fiction.* Sein nicht sehr umfangreiches Werk, zwölf Kurzgeschichten und neun Romane, wird bestimmt durch spannende Handlung vor einem wissenschaftlichen Background. Berühmt wurde der Autor mit dem 1953 erschienenen Roman *Unternehmen Schwerkraft,* zu dem er 1971 eine Fortsetzung mit dem Titel *Stützpunkt auf Dhrawn* schrieb.

Hal Clement

Expedition zur Sonne

MOEWIG

MOEWIG Band Nr. 3851
Verlag Arthur Moewig GmbH, Rastatt

Titel der Originalausgabe: Small Changes
Aus dem Amerikanischen von E. Sander

Dieser Titel erschien erstmals bei Pabel als Band UC 74
Umschlagentwurf und -gestaltung: Franz Wöllzenmüller, München
Umschlagillustration: Hescox/Agentur Schlück
Verkaufspreis inkl. gesetzl. Mehrwertsteuer
Auslieferung in Österreich:
Pressegroßvertrieb Salzburg, Niederalm 300, A-5081 Anif
ISBN 3-8118-3851-2

EXPEDITION ZUR SONNE

Ron Saccos Hand glitt zum Schalter, dann hielt sie inne. Er blickte zum Kommandanten hinüber, sah, daß dieser ihn beobachtete, und warf einen Blick auf die Uhr. Welland wandte sich ab. Wollte er ein Lächeln verbergen? Wütend drückte Sacco auf den Schalter.

Nur einer der Beobachter konnte jedes Detail der Konsequenzen verfolgen. Für die meisten war das Schließen des Stromkreises, das einen Sekundenbruchteil später folgte, nur ein bedeutungsloses Muster auf dem Oszillographen. Aber für Grumpy Ries, der das Instrument konstruiert und installiert hatte, geschah viel mehr. Vor seinem geistigen Auge sah er das Pulsieren der elektrischen Energie in die Überträger auf der eisigen Außenseite.

Sacco sagte minutenlang nichts, er hatte auf mehrere Knöpfe gedrückt. Nach einer Weile nickte er und legte das Instrument in die Kassette zurück.

„Nun?" fragten mehrere Stimmen gleichzeitig.

„Die größte Abweichung ist am Südpol, wie Sie erwartet haben. Etwa sechzig Zentimeter. Etwa fünfzehn Grad nördlich erreichen wir den Nullpunkt. Noch weiter nördlich können wir die Abweichungen mit unseren Geräten nicht mehr messen. Wir müssen hinausgehen und eines von Grumpys Geräten benutzen, wenn wir etwas ablesen wollen."

Niemand antwortete. Das Dutzend Wissenschaftler, das durch den Instrumentenraum schwebte, hatte bereits zu streiten begonnen. Fast jeder Satz begann mit: „Ich habe Ihnen doch gesagt, daß..." Der Kommandant lauschte angespannt.

Sacco wandte sich von der Kontrolltafel ab und rief: „Wie sind die Daten jetzt?"

„Wie vorher", schnarrte Ries. „Wie sollten sie sich auch verändert haben? Wir haben uns selbst begraben, die Umlaufbahn dieses Eisbergs verändert, bis die Astronomen zufrieden waren, dann Schnee geschaufelt, bis die Abgastunnel so voll waren, daß wir unseren Kurs nicht mehr ändern konnten, wenn wir es auch wollten. Jetzt können wir nichts mehr machen. Fragen Sie lieber den Kommandanten des ersten bemannten Kometen, wie lange er noch zu leben erwartet."

Welland gelang es, seinen Ärger nicht zu zeigen. Ries war von Natur aus Skeptiker, und deshalb konnte Welland ihn nicht leiden.

„Wir werden es schaffen", sagte er ruhig. „Bisher haben alle Messungen das bestätigt. Dieser Komet mißt über zwei Meilen im Durchmesser, und obwohl wir schon viel verbraucht haben, enthält er noch immer dreißig Milliarden Tonnen Eis. Ich bin kein Physiker, aber ich weiß, in welche Hitze dieser Eisberg nächste Woche eindringen wird. Aber diese Hitze wird dreißig Milliarden Tonnen Eis nicht zum Schmelzen bringen. Wir haben berechnet, wieviel Eis wir nach dem passieren des Perihels noch haben werden. Wir werden etwa drei- oder vierhundert Meter an Umfang verlieren. Wenn das nicht genug Sicherheit ist..."

„Das können weder Sie noch ich wissen", erwiderte Ries. „Wir sollen etwa hunderttausend Meilen Photosphäre durchqueren. Und Sie wissen genauso gut wie ich, daß der einzige Komet, der jemals von der Sonne zurückgekehrt ist, sie als zwei Kometen verlassen hat."

„Sie wußten das, als Sie Ihren Vertrag unterschrieben.

Niemand hat Sie zu täuschen versucht. Sie wissen, woran Sie sind, wie wir alle."

Wortlos griff der Physiker nach einem Handgriff und zog sich aus dem Raum. Eine Sekunde später rief einer der Männer an der Kontrolltafel: „Der Zeiger steht. Vielleicht eine Protuberanz. Alles an die Geräte!"

In wildem Durcheinander glitten die Wissenschaftler durch den Raum, stießen gegeneinander, und es dauerte ein paar Minuten, bis jeder seinen Platz eingenommen hatte. Ries kehrte in den Raum zurück und beobachtete die anderen. Er schien auf etwas zu warten. Aber zu seiner Überraschung geschah nichts. Die Eruption verging, die Instrumente summten und klickten, und keiner der Männer klagte. Ries war beinahe enttäuscht. Pawlak, der Elektroingenieur, merkte es.

„Komm, Ries", sagte er. „Gehen wir hinaus und sehen wir uns die Kamera an. Vielleicht ist irgend etwas nicht damit in Ordnung. Du sagtest doch, daß du dem Außenkontrollsystem nicht traust."

Ries strahlte.

„Okay. Die Astronomen werden wahrscheinlich in fünf Minuten nach Bildern schreien, damit sie einander erzählen können, es sei alles genauso gekommen, wie sie es vorausgesagt hatten."

Sie verließen gemeinsam den Raum, und niemand außer dem Kommandanten bemerkte ihr Verschwinden.

Draußen an der Schleuse war wenig Platz. Die Rakete war in die Mitte des Kometen gebracht worden, durch einen Tunnel, gerade groß genug, um sie hindurchzuschaffen. Fünf kleinere Tunnel waren für die Emissionen der Reaktionsmotoren gebohrt worden. Ein Durchgang für das Personal war im Zickzack angelegt worden. Als Kurs auf die Sonne genommen worden war, hatte man alle Tunnel außer dem Durchgang für die Besatzung mit Schnee gefüllt.

Die Kamera befand sich in einiger Entfernung vom Eingang des Tunnels, an der Nordseite. Man mußte Vorsicht walten lassen, wenn man nach draußen ging. Ein Mann im Raumanzug konnte an der Oberfläche des Kometen leicht die Fluchtgeschwindigkeit erreichen. Ries und Pawlak sicherten sich mit einer Leine und verbanden ihre Raumanzüge mit einer Kette, durch die jeder einen Arm schlang, Ries winkte dreimal, und auf dieses Zeichen hin sprangen sie los. In einem Bogen flogen sie nach Südwesten.

Als sie aus dem Schatten des Kometen auftauchten, glänzten die Metallanzüge wie kleine Sonnen. Der Komet sah von außen eindrucksvoll aus, wie er sich vom dunklen Hintergrund des Alls abhob. Sie landeten in der Nähe ihres Ziels und zogen sich an die Kamera heran. Rasch öffnete Ries die Kamera, entfernte den Film und spannte einen neuen ein. Dann untersuchte er die Kamera. Der Rücksprung vollzog sich genauso wie der Sprung nach draußen, nur daß ihr Ziel jetzt nicht von der Sonne beschienen und schwerer zu lokalisieren war. Sie landeten in einiger Entfernung vom Eingang des Tunnels und krochen fünf Minuten später hinein.

Als sie den Instrumentenraum erreichten, erfüllte sich Ries' Prophezeiung. Jemand verlangte Bilder.

„Geh den Film entwickeln“, sagte Pawlak. „Ich werde diesen Idioten inzwischen beruhigen.“ Geduldig hörte er sich die Beschwerden des Astronomen an, bis der Film nach drei Minuten entwickelt war. Sechs oder sieben Wissenschaftler warteten aufgeregt und spannten dann den Film in den Projektor. Schweigend sahen sie sich die ersten Filmmeter an, dann brach ein Tumult los.

„Wo ist Ries?“

Ries hatte nur für wenige Minuten den Raum verlassen. Gespanntes Schweigen begrüßte ihn, als er eintrat.

„Na, seid ihr mit den Bildern nicht zufrieden? Ist die

Eruption nicht darauf? Das habe ich mir gedacht. Die Kamera kann nur aus einem Blickwinkel von einem halben Grad photographieren, und von ihrer Position aus sieht sie die Sonne in einem Winkel von zwei Grad."

„Aber sie soll doch automatisch schwenken, sobald wir sie von hier aus einschalten? Haben Sie den Fehler jetzt berichtigt?"

„Ich muß sie hereinholen. Ich kann nicht sagen, wie lange es dauern wird, sie richtig einzustellen."

Wieder brach erregtes Stimmengewirr los, und der Kommandant hob die Hand, um die Männer zum Schweigen zu bringen.

„Denken Sie bitte daran, daß wir uns jetzt zwanzig Millionen Meilen von der Sonne entfernt befinden. In siebenundsechzig Stunden treten wir in das Perihelium ein. Wenn wir es ohne die Kamera passieren, haben wir den Zweck dieser Expedition verfehlt. Ries, tun Sie, was getan werden muß, und sagen Sie, ob Sie Hilfe brauchen."

Eine Stunde später wurde die Kamera von fünf Männern durch den Tunnel in das Innere des Kometen gebracht. Vier Stunden später hatte Ries sie auseinandergenommen und wieder zusammengesetzt. Er behauptete, es sei alles damit in Ordnung gewesen. Er war nicht glücklich über diese Entdeckung, und die anderen Wissenschaftler noch weniger.

„Gut, dann sagt *ihr* doch, was schiefgelaufen ist", stieß Ries ärgerlich hervor. „Ich kann nur feststellen, daß nichts zerbrochen oder außer Funktion ist. Und jedes Genie, das mir erzählen will, daß drinnen nicht draußen ist, kann sich das sparen. Das weiß ich selbst. Man muß die Kamera wieder hinausbringen und sehen, ob sie funktioniert. Das werde ich jetzt tun, anstatt auf eure weisen Kommentare zu hören." Er wandte sich abrupt ab und ging mit dem Gerät hinaus. Er hatte nicht die Absicht, die Kamera an ihrem früheren Platz zu installieren, sondern brachte sie am Eingang des Tunnels an.

Nach einigen Stunden zeigte es sich, daß er recht hatte. Zuerst gab es keine Schwierigkeiten. Die Kamera funktionierte ausgezeichnet und photographierte alle Teile des Alls, auf die Ries sie einstellte. Dann jedoch wurde ihr Gesichtsfeld immer kleiner, bis es auf dem Nullpunkt angelangt war. Ries untersuchte das Innere der Kamera, konnte aber die Schadensquelle nicht entdecken. Und plötzlich begann das Ding wieder zu arbeiten. Von allein, wie Ries annahm. Lange überlegte er, warum das so war.

Und dann stürmte er in den Instrumentenraum. Er war etwas besserer Laune, weil sich herausgestellt hatte, daß er am Versagen der Kamera nicht schuld war. Das machte er den wartenden Männern klar, sobald er seinen Helm abgenommen hatte.

„Die Kamera arbeitet bei normalen Temperaturen, und sie arbeitet auch bei Kometen-Temperaturen. Aber leider arbeitet sie nicht, wenn die verschiedenen Segmente nicht fast dieselbe Temperatur haben. Als ich das Ding hinausbrachte, funktionierte es vorzüglich. Bei Schiffstemperatur. Als dann die Hitze in den Kometen kroch, spielte sie verrückt. Später, als die Temperatur sich abkühlte, funktionierte die Kamera wieder. Eine nette Konstruktion."

„Aber sie war doch schon seit Tagen draußen."

„Sicher – draußen im Sonnenlicht. Sie mußte sich ein paar hundert Grad Hitze anpassen. Und auf der anderen Seite spürte sie die Eiseskälte."

„Kann man nicht ein Kontrollsystem einbauen, das die Differenz der Temperaturen ausgleicht?" fragte der Kommandant mild. „Das ist Ihr Fachgebiet. Sicher können Sie etwas konstruieren, das..."

„Oh, sicher. In einer Minute, wenn es hier eine technische Werkstatt gäbe." Ärgerlich vor sich hin murmelnd, ging er davon.

Als sie sich der Sonne bis auf fünfzehn Millionen Meilen genähert hatten und ein weiterer Meter an der der Sonne zugewandten Seite des Kometen geschmolzen war, trat Ries mit seinem Werk aus seinem Labor. Er war offensichtlich übermüdet und in schlechterer Stimmung als je zuvor während des Fluges.

„Müßte die Sonne jetzt nicht auf den Tunneleingang scheinen?“ fragte er.

Einer der Astronomen rechnete kurz im Kopf nach.

„Ja. Sollen wir Ihnen helfen?“

„Nein“, knurrte Ries und verschwand. Der Astronom zuckte mit den Schultern.

Ries trug die schwere Kamera durch den Tunnel, was eigentlich ein Risiko darstellte. Die Gefahr bestand, daß man zu schnell ging und für immer aus dem Kometen geschleudert wurde. Ries hielt sich immer wieder an den Haltegriffen an den Tunnelwänden fest, um sein Tempo nicht zu sehr zu beschleunigen. Am Tunneleingang befestigte er die Kamera, so daß die Linse nach Norden blickte, und wartete auf den Sonnenaufgang. Bald flammte das Licht am Horizont auf, bildete eine gleißende Korona, die sich purpurrot färbte, und schließlich tauchte die strahlende Photosphäre auf.

Die Photospähre war nicht heller als vom Rand der Erdatmosphäre aus gesehen. Aber sie schien auch nicht schwächer. Ries konnte aber nicht in die Photosphäre sehen, als er die Kamera darauf richtete. Danach kehrte er durch den Tunnel in das Innere des Kometen zurück. Er fand einen Interferenzfilter.

Jetzt war nur noch das Problem zu lösen, wie Ries das Funktionieren der Kamera beobachten und den schützenden Filter anbringen sollte, was zweifellos eine Weile Zeit in Anspruch nehmen würde. Und fünfzehn Milliolnen Meilen von der Sonne entfernt konnte man nicht lange arbeiten, wenn man keinen Schutz außer einem Raumanzug besaß. Die Expedition war natürlich so sorgfältig geplant worden, daß keiner der Männer je in die Verlegenheit kommen sollte, in der Sonnenhitze zu arbeiten. Aber alles ließ sich eben nicht voraussehen. Grumpy Ries mußte ein oder zwei Stunden im vollen Sonnenlicht arbeiten. Aber sobald er sich zehn Minuten der Hitze draußen ausgesetzt hatte, mußte er zwanzig Minuten im kühlen Tunnel verbringen. Und das hieß, daß er für seine Arbeit zu lange brauchen würde.

Die Vorratslager der Mannschaft enthielten Rollen von Aluminiumfolie und Drahtspulen. Ries fertigte einen Schild aus zwei Lagen Folie an. Der Zwischenraum zwischen den zwei Lagen wurde mit Eis gefüllt. Mit Hilfe des Drahtes verlieh er seinem Schild Festigkeit, und in seinem Schutz hatte er in kurzer Zeit das neue Kontrollsystem und den Filter eingebaut.

Mit der ihm eigenen Kürze teilte er den anderen mit, daß er seine Arbeit erledigt hatte. Das Kontrollsystem wurde von innen getestet. Wie Würmer zog man Ries aus der Nase, wie er das bewerkstelligt hatte, und die Bewunderung der Wissenschaftler zauberte beinahe ein Lächeln auf sein bärbeißiges Gesicht.

Beinahe. Aber ein eingefleischter Griesgram ändert sich nicht von einer Sekunde auf die andere. Wenn er sich überhaupt je ändert.

Zehn Millionen Meilen vom Zentrum der Sonne. Noch einundzwanzig Stunden. Aber noch zählten sie nicht die Minuten. Die Sonne kroch ein wenig höher über den nördlichen Horizont, vom Eingang des Tunnels aus gesehen, und jedesmal, wenn sie aufstieg, war sie etwas länger zu sehen. Die Kamera nahm ein paar erstklassige Bilder auf, wie sie auf noch keiner der Raumstationen in der Nähe der Erde photographiert worden waren.

Fünf Millionen Meilen. Zehn Stunden und fünfzig Minuten. Ries blieb jetzt im Innern des Kometen und versuchte zu schlafen – niemand sonst hatte Zeit dazu. Es war unmöglich, weiterhin zum Eingang des Tunnels zu gehen, obwohl Ries noch einige Schilde angefertigt hatte. Sie befanden sich im Strahlenkranz der Sonne, wenn auch nur in der äußeren Zone.

Ries erwachte, als sie den Neunzig-Grad-Punkt erreichten, das erste Viertel des Periheliums, etwa eine Million Meilen vom Sonnenzentrum. Sechshunderttausend Meilen von der Photosphäre. Eine Stunde und zwanzig Minuten trennten sie noch vom Zeitpunkt, an dem sie der Sonne am nächsten sein würden.

Sie flogen mit einer Geschwindigkeit von etwa dreihundertzehn Meilen in der Sekunde, in eine Region, wo das Spektroskop Temperaturen von über zwei Millionen Grad anzeigte, wo Ionen von Eisen, Nickel und Kalzium sich in Elektronen spalteten.

Die Männer rechneten damit, daß die Elektronen nicht sehr dicht waren. Ein einziges Ion bei einer Temperatur von zwei Millionen Grad bedeutete nichts. Problematischer wurde es, wenn man sich der Photosphäre näherte. Man konnte sich vorstellen, daß der Komet in dieser Strahlenflut verschwinden würde wie ein Schneeball auf einer Herdplatte – aber die Strahlenflut war nicht endlos. Ein gewisses Maß an Sonnenenergie traf den riesigen Schneeball und ließ Tonnen von Eis schmelzen. Aber auch das intensive Sonnenlicht brauchte einige Zeit, um dreiundfünfzig Milliarden Tonnen Eis verschwinden zu lassen. Der Komet würde nur etwa einundzwanzig Stunden fünf Millionen Meilen von der Sonne entfernt verbringen, und dafür hatten sie Eis im Überfluß.

Sie tauchten hinein. Natürlich konnte niemand hinaussehen. Sie konnten nicht die Sonnenflecken sehen, von denen so viele von ihnen geträumt hatten. Und wenn sie einen Sonnenfleck gesehen hätten, so wären sie daran erblindet. Nur mit Hilfe ihrer Instrumente konnten sie

„sehen“. Photometer und Radiometer, Magnetometer und Ionenmesser zeigten Bilder und Zahlen. Spektrographen und Interferometer und Kameras summten und klickten und surrten. Wachsame Augen beobachteten die Akzelerationsmesser. Wenn der Zeiger zu hoch schnellte, dann waren sie alle verloren. Aber nichts dergleichen geschah.

Sie waren neunzehn Minuten vom Perihelium entfernt, als das Gefühl der Zufriedenheit, das sich ihrer aller bemächtigt hatte, jäh zerstört wurde.

Sie waren gerade noch an ihren Geräten gewesen, hatten ihre Aufgaben erledigt, waren mit sich und dem Universum zufrieden. In der nächsten Stunde durchzuckte ein gewaltiger Blitz das Schiff, Funken sprühten, und die Instrumente hörten zu arbeiten auf.

Sekundenlang herrschte Schweigen. Dann schwirrten die Stimmen durcheinander, überrascht, verzweifelt. Einige Männer waren von den wirbelnden Funken verletzt worden. Einer war durch einen elektrischen Schlag bewußtlos geworden. Glücklicherweise funktionierte die Beleuchtung noch.

„Ein Magnetfeld“, lautete Mallions Kommentar. „Man kann nicht sagen, wie groß es ist, auch nicht, wodurch es entstanden ist. Wir haben es mit einer Geschwindigkeit von dreihundertundzwanzig Meilen pro Sekunde durchflogen. Wenn dieses Schiff aus Metall bestünde, wäre es wahrscheinlich explodiert. Mit dieser Möglichkeit haben wir gerechnet, und deshalb gibt es im Schiff auch keine langen Stromwege. Außer den Kontrollen der Instrumente. Die Intensität des Magnetfeldes lag zwischen zehn und hundert Gauss. Ich fürchte, unsere Instrumente werden uns nichts mehr zeigen.“

„Aber wir können doch jetzt nicht aufhören!“ rief Donegan. „Wir brauchen Bilder – noch Hunderte.“

„Da bin ich ganz Ihrer Meinung. Aber was sollen wir

tun? Das Kabel, das durch den Tunnel lief, muß explodiert sein. Aber irgend etwas muß die heranlaufende Welle zerstört haben, bevor die Instrumente hier verbrennen konnten."

„Kommen Sie, Dr. Donegan, ziehen Sie Ihren Raumanzug an", sagte Ries. Der Physiker blickte ihn an, schien seine Gedanken zu lesen, nickte und verschwand in seiner Kabine.

„Was wollt ihr tun?" schrie Mallion. „Seid ihr wahnsinnig? Ihr könnt nicht zu der Kamera gehen. Ihr würdet wie Zunder brennen, um es mild zu formulieren."

Ries erwiderte nichts, und Minuten später schwebte er mit Donegan durch den Tunnel, so schnell sie es wagten. Die Lichter waren ausgegangen, aber man konnte genug sehen. Vom Eingang des Tunnels strömte starkes Licht herein, das auch die gewundene Passage erhellte. Sie mußten die Filter vor ihre Sichtscheiben ziehen, lange, bevor sie den Eingang des Tunnels erreichten. Als sie am Ziel waren, schien der Schnee rund um die Öffnung zu glühen. Sie hatten Aluminiumschilde mitgenommen und stopften noch zusätzlich losen Schnee zwischen die beiden Lagen. Aber die Schilde nützten wenig, als sie sich einige Schritte vom Eingang entfernt hatten. Die Schilde waren nicht groß genug. Der ganze Himmel schien sich in ein Flammenmeer verwandelt zu haben. Rasch zogen sie sich in den Tunnel zurück, wo noch mehrere Schilde lagen. Mit Hilfe von Draht befestigten sie mehrere aneinander.

Mit dem Riesenschild ging Ries allein zum Eingang, und diesmal hatte er keine Schwierigkeiten. Er montierte die Kamera ab und brachte sie in den Tunnel. Es war nicht nötig, das Kontrollkabel vom Hauptkabel zu trennen. Wie Mallion vorausgesagt hatte, waren beide verschwunden. Die Explosion hatte tiefe Höhlen in die Tunnelwände gerissen, wo die Kabel gelegt worden waren.

Ries wollte die Kamera so rasch wie möglich in schützende Kühle bringen. Da sie ihre Verbindung mit dem Schiffsinnern verloren hatte und nicht mehr durch ein Verbindungskabel gekühlt werden konnte, würde sie bald gefährlich heiß sein. Und jetzt, da der Komet sich dem Perihelium näherte, war schon eine beträchtliche Lücke in der bildlichen Berichterstattung.

Im Tunnel fertigte Ries weitere Schilde für die Kamera an und untersuchte den Schild, den er benutzt hatte, um zu sehen, wieviel Schnee noch darin war. Etwas war noch da, aber entmutigend wenig. Er preßte seinen Helm gegen den Donegans. Die Radios konnten in der Sonnenhitze nicht funktionieren.

„Wir können nicht hinausgehen, wenn wir nicht mehr Schnee für das Ding da haben. Und wir müssen alle paar Minuten kommen und Schnee nachfüllen."

Er glitt durch den Tunnel zurück ins Schiffsinnere, aber schon an der zweiten Biegung kam ihm eine Gestalt im Raumanzug entgegen. Es war Pawlak, der eine Tasche mit Schnee trug. Er erkannte ihn an der Nummer des Raumanzugs. Das Gesicht hinter dem Filter war nicht zu sehen. Er nahm die Tasche und dankte mit lebhaften Gesten. Pawlak sagte ihm in der Zeichensprache, daß er noch mehr Schnee holen würde, und eilte davon. Ries ging zu seinem Gefährten zurück, der sich über die rasche Rückkehr wunderte, aber keine Zeit mit Fragen verschwendete.

Durch den Filter sahen sie die Sonne orangerot brennen. Gewisse Formen waren klar zu sehen, aber nicht in allen Fällen zu interpretieren. Einzelne Körner waren zu erkennen. Ein winziger Fleck zeigte sich auf einer Seite. Wenn sie den Kopf so weit drehten, wie der Schild es erlaubte, hatten sie einen viel größeren Gesichtskreis als die Kamera.

Donegan photographierte. Erst den Fleck und seine

Nachbarschaft. Immer mehr merkwürdige Gebilde stachen ihm in die Augen, und er machte zahllose Aufnahmen. Er wandte sich um, als ihn jemand am Bein zog. Ries, nur unzureichend mit dem noch verbliebenen Schild bedeckt, mahnte ihn, seinen Schild mit Schnee aufzufüllen. Widerstrebend tat er es und bedauerte den Zeitverlust. Ries stopfte Schnee unter die Kamera, während Donegan Schnee zwischen die Lagen seines Schildes steckte, so schnell, wie ihm dies mit den vom Raumanzug bedeckten Händen gelang. Dann betätigte er wieder die Kamera.

Sie hatten das Perihelium bereits erreicht. Donegan wußte es nicht und kümmerte sich auch nicht darum. Er wußte, daß der Film in der Kamera lang genug war, um ihn neunzig Minuten lang ein Bild pro Sekunde aufnehmen zu lassen, und er wollte den ganzen Film verbrauchen. Er photographierte alles, was ihm als ungewöhnlich auffiel. Er wußte, daß einige Instrumente im Schiff noch funktionierten, und er wußte auch, daß einige Geräte an der Außenfläche des Kometen noch intakt waren – oder intakt sein sollten. Das Kontrollsystem war ja ausgefallen. Und die Messungen dieser Geräte zusammen mit seinen Photos würden eine umfassende Information liefern.

Ein paar Yards unter ihm arbeitete Ries, bewegte Schnee hin und her, und aus einem Draht, den Pawlak ihm gebracht hatte, fertigte er eine Kette an, die er um Donegans Fußknöchel wand. Auf diese Weise konnte er ihm leichter mitteilen, wann er wieder Schnee in seinen Schild füllen mußte.

Ries arbeitete verbissen. Niemand wußte, ob er es schweigend tat, da die Sprechgeräte ausgefallen waren. Aber es war anzunehmen, daß er mürrisch vor sich hin knurrte, wie er es meist tat. Schwerelos hing er im weißglühenden Tunnel, hielt mit der einen Hand die Kette fest, an deren anderem Ende ein Mann befestigt war, hielt die Kamera mit der anderen Hand, um zu verhindern, daß sie im weichen Schnee ihre Position veränderte oder ins Perihelium entschwand, versuchte, durch den dunklen Filter auf die Uhr im Tunnel zu sehen.

Natürlich gelang es Donegan nicht, die gesamte Sonnenoberfläche bildlich festzuhalten. Dazu war seine Bewegungsfreiheit zu begrenzt. Charakteristische Merkmale verschwanden hinter dem solaren Horizont, bevor Donegan sie aufnehmen konnte. Sogar Ries wußte nicht, wie man dieses Problem ausschalten konnte, als der Physiker darüber klagte, während er seinen Schneevorrat auffüllte.

Zu diesem Zeitpunkt schien sich die Sonne schneller in die Breite als in die Länge zu bewegen. Der Komet hatte seinen Kurs geändert und flog schneller, als die Sonne sich drehte. Der Physiker wußte, daß eine Eindreiviertelstunde nach dem Eintritt ins Perihelium die Sonne aus seinem Gesichtskreis verschwunden sein würde. Aber daran verschwendete er jetzt noch keine Gedanken. Er beobachtete und photographierte wie besessen und legte nur kurze Pausen ein, wenn Ries gnadenlos an der Kette zog, um ihn daran zu erinnern, daß der Schnee in seinem Schild schon wieder geschmolzen war.

Der Eingang des Tunnels lag jetzt viel näher am Schiff als zuvor. Ries mußte mit seinen Schneetaschen immer weiter zurückweichen. Ries, Donegan und Pawlak waren die einzigen Mitglieder der Expeditionsgemeinschaft, die wußten, wie rasch der Schmelzvorgang ablief, da das Meßgerät bei der Explosion ausgefallen war. Sie konnten hinterher nicht sagen, ob das gut oder schlecht war. Die Männer im Innern des Schiffes verließen sich auf ihre Mathematik. Für die Physiker war das nur zu verständlich, aber Ries hätte anders gedacht, wäre er in ihrer Mitte gewesen. Aber er zwang sich, nicht daran zu denken, was mit dem Kometen passieren würde, wenn sie das Perihelium durchquert hatten. Er mußte auf zu viele andere Dinge aufpassen.

Donegan war wütend, als er sah, wie die Sonne sich senkte und es immer noch genug zu photographieren gab. Aber wie Ries hatte auch er keine Möglichkeit, seinem Ärger Luft zu machen.

Sie waren bis zur ursprünglich dritten Biegung des Tunnels zurückgetrieben worden, und von hier ab verlief die Passage ein ziemlich langes Stück gerade. Pawlak kam an das andere Ende der geraden Strecke, mit der, wie er hoffte, letzten Schneeladung, als sich etwas langsam von der Decke des Tunnels zwischen ihn und Ries senkte. Er sprang vor, ließ die Schneetasche fallen und sah, daß es eines der Instrumente war, die sich draußen befunden hatten. Seine Silberoberfläche war verbogen. Seine Temperatur war angestiegen, und es hatte sich einen Weg in das Innere geschmolzen. Die tiefstehende Sonne schien durch das Loch, das das Gerät hinterlassen hatte. Pawlak ging um das Instrument herum und auf Ries zu, dessen Aufmerksamkeit auf etwas anderes gerichtet war, und teilte ihm mit, was geschehen war. Ries zerrte an der Kette. Der Physiker war wütend, als er bei den beiden Männern ankam. Das merkten sie, als sie ihre Helme gegen den seinen preßten.

„Was, zum Teufel, ist denn los?“ schrie er. „Sie können mir nicht einreden, daß mein Schild schon wieder leer ist. Ich bin noch keine fünf Minuten draußen und jetzt, wo die Sonne tiefer steht, halten die Schneeladungen länger. Wir verlieren die Sonne! Ich kann nicht mit der Arbeit aufhören, nur weil jemand die Uhrzeit nicht lesen kann...“

Pawlak unterbrach ihn und wiederholte seinen Bericht. Dieser beeindruckte Donegan nicht.

„Na und? Das haben wir erwartet. Alle Geräte rund um

die Tunnelöffnung sind gesunken. Wir sitzen jetzt in einer tiefen Grube. Das verschlimmert die Sache noch. Wir verlieren so die Sonne noch schneller aus den Augen. So, und jetzt lassen Sie mich weiterarbeiten."

„Arbeiten Sie nur", sagte Ries. „Aber die Kamera schaffen wir jetzt schleunigst in das Schiff. Schauen Sie sich die Kamera doch an! Die Oberfläche ist schon geschmolzen. Sie nimmt die Hitze rascher auf als erwartet. Wenn der Film drinnen zu heiß wird, war all Ihre Arbeit umsonst." Ries nahm die Kamera und entfernte sich durch den Tunnel. Widerstrebend folgte ihm Donegan.

Im Schiff verschwand Donegan mit seinem kostbaren Filmmaterial, ohne sich die Zeit zu nehmen, Ries zu danken.

„Egoistischer Kerl", murmelte Pawlak. „Denkt nur an seinen verdammten Film."

„Das kann man ihm nicht zum Vorwurf machen", sagte Ries mild. „Er hat schwer dafür gearbeitet."

„*Er* hat schwer gearbeitet? Und wir? Von Anfang an war das doch deine Idee..."

„Komm jetzt. Ich möchte zu Doc Sonne gehen. Meine Füße schmerzen." Er ging ins Hauptdeck, und Pawlak folgte ihm murrend. Als sie in die Zentrale kamen, wurde Ries mit Komplimenten überschüttet und grinste breit. Der Griesgram schien sich um hundertachtzig Grad gewandelt zu haben.

Aber diese Wandlung hielt nicht lange an. Als Doc Sonne mit einer Brandsalbe ankam, die Ries auf seine Füße streichen sollte, tobte der Patient wütend los.

„Nicht einmal der Arzt hier kann das Richtige zur rechten Zeit zustande bringen. Da trample ich stundenlang im Methanschnee herum, und Sie wollen mir Brandsalbe geben! Vielleicht wären Sie jetzt so freundlich, etwas gegen meine erfrorenen Füße zu unternehmen, ja?"

„So haben Sie uns also verlassen, Mr. Cunningham.“ Malmesons Stimme, die verzerrt aus dem Kopfhörer drang, klang rauher als sonst. „Schlimm für Sie. Wenn Sie in der Nähe geblieben wären, hätten wir Sie auf irgendeine Welt gebracht, auf der Sie zumindest hätten leben können. Aber jetzt müssen Sie hierbleiben und schmoren. Hoffentlich leben Sie noch lange genug, um uns davonfliegen zu sehen.“

Laird Cunningham nahm sich nicht die Mühe, zu antworten. Der Radiokompaß des Schiffes funktionierte noch, und es war möglich, daß seine ehemaligen Assistenten nach ihm suchten, wenn man ihnen einen Hinweis gab, wo sie mit der Suche beginnen sollten. Aber Cunningham war so zufrieden mit seiner gegenwärtigen Bleibe, daß er gar nicht woanders sein wollte. Er war kaum eine halbe Meile vom Schiff entfernt, in einer Höhle, die tief genug war, um vor den Strahlen des Denebs Schutz zu bieten. Die Höhle lag am Hang eines kleinen Hügels, und er konnte von diesem Platz aus die Aktivitäten Malmesons und seines Gefährten beobachten, ohne selbst gesehen zu werden.

Eigentlich hatte der Schurke recht. Wenn Cunningham zuließ, daß sich das Schiff ohne ihn vom Boden abhob, konnte er genausogut seinen Gesichtsschutz abnehmen. Wenn er auch Essen und Sauerstoff für mehrere Tage hatte, konnte ein Planet, der kaum größer als Luna war und in den Strahlen einer der heißesten Sonnen der Galaxis brannte, kaum weitere Vorräte bieten, wenn die seinen zur Neige gegangen sein würden.

Er fragte sich, wie lange es dauern würde, bis die Männer den Schaden entdeckt hatten, den er während der wenigen Minuten angerichtet hatte, die zwischen der Bruchlandung und dem Aufbrechen der Tür zum Kontrollraum verstrichen waren. Cunningham hatte die Tür zugeschweißt, als ihm die Absichten der anderen bewußt geworden waren. Vielleicht bemerkten sie es gar nicht. Er hatte Kabel an mehreren Stellen unterbrochen. Vielleicht würden sie den Antrieb gar nicht untersuchen, solange sie die Reparaturen am zerbrochenen Rumpf nicht beendet hatten. Wenn das der Fall sein sollte, um so besser.

Er kroch zum Eingang der Höhle und blickte in das kleine Tal, in dem das Schiff lag. Es war im Sternenlicht kaum zu sehen, und er sah auch kein künstliches Licht, das angezeigt hätte, daß Malmeson schon während der Nacht mit den Reparaturen begann. Cunningham hatte auch nicht erwartet, daß sie das tun würden, aber es war gut, das sicher zu wissen. Er hatte nichts mehr durch das Radio in seinem Raumanzug gehört seit Malmesons höhnischen Worten, als sein Verschwinden entdeckt worden war. Wahrscheinlich warteten sie auf den Sonnenaufgang, um bei Tageslicht die Reparaturen sorgfältig durchführen zu können.

Er starrte zu den Sternen empor und versuchte, sie zu Mustern zu ordnen, die er im Gedächtnis behalten konnte. Er hatte keine Uhr, und er mußte in den folgenden Nächten genau wissen, wann die Sonne aufgehen würde. Es wäre gefährlich, fern von der Höhle von Denebs Strahlen überrascht zu werden. Sein Raumanzug bot zu wenig Schutz. Er wünschte, es wäre ihm gelungen, einen der schweren Arbeitsanzüge zu stehlen. Aber sie befanden sich in einem Abteil neben dem Kontrollraum, in dem er sich verbarrikadiert hatte.

Reglos blieb er am Höhleneingang liegen und beobachtete abwechselnd den Himmel und das Schiff. Ein- oder zweimal döste er ein. Aber er war wach, als die Hügel jenseits des Schiffes in den ersten Strahlen der Morgensonne schimmerten. Fluten von weißblauem Licht krochen über ihre Hänge, dann verschmolzen die Berge mit dem Tal zu einer einheitlichen, hell erleuchteten Landschaft. Silbern gleißte der Schiffsrumpf. Die Reflexion des Scheins erhellte das Innere von Cunninghams Höhle und trieb ihm das Wasser in die Augen, als er das Schiff beobachtete und darauf wartete, daß sich die Luke öffnete.

Er konnte immer nur einen kurzen Blick auf das glänzende Metall werfen. Und deshalb schenkte er seiner Umgebung mehr Aufmerksamkeit, als er das vielleicht sonst getan hätte.

Obwohl der Planet viel mit dem Mond gemeinsam hatte, was seine Größe, das Gewicht und das Fehlen einer Lufthülle betraf, so sah die Landschaft doch völlig anders aus. Die extreme Hitze des Tages, der starke nächtliche Abkühlungen folgten, bestimmte das Wetter. Erhebungen, die vielleicht einmal den Bergzügen auf dem Mond geglichen haben mochten, waren jetzt abgerundete kleine Hügel wie der, in dem Cunninghams Höhle lag. Wie auf dem Mond, so hatten sich auch hier die Produkte früherer Spaltungen als Staub in den Talsenken angesammelt. Was den Staub bewegt haben konnte auf diesem luft- und windlosen Planeten, erschien Cunningham rätselhaft. Eine Zeitlang dachte er darüber nach, bis seine Aufmerksamkeit von anderen Objekten auf und zwischen den Staubschichten gefangengenommen wurde. Zuerst hatte er sie für Felserhebungen gehalten. Aber jetzt war er überzeugt, daß es sich um Formen pflanzlichen Lebens handeln mußte – armselige Flechten, die man kaum als Vegetation bezeichnen konnte. Er fragte sich, was für eine Flüssigkeit sie enthielten, in einer Temperatur, die alles zum Verdunsten bringen mußte.

Als er die Tiere entdeckte, mittelgroße, krebsartige Geschöpfe mit schwarzem Rücken, die sich aus dem Staub wühlten, als die Sonne ihre Wärme ausstrahlte, vergaß Cunningham seine unmittelbaren Probleme. Er war kein Zoologe, aber dieses Wissensgebiet faszinierte ihn schon seit Jahren. Und er hatte immer über die Mittel verfügt, sich seinem Hobby widmen zu können. Jahrelang hatte er die Galaxis durcheilt, um nach bizarren Lebensformen zu suchen, und die Museen auf der Erde hatten nur zu gern seine Sammlungen aufgenommen und Wissenschaftler auf seine Spuren gesandt. Oft schon hatte er in Gefahr geschwebt, aber noch nie hatte er sich in einer Situation wie der jetzigen befunden. In einer Situation, die ihren Anfang genommen hatte, als er das Gespräch seiner beiden Begleiter anhörte. Sie hatten geplant, sich von ihm zu befreien, sich das Schiff für ihre eigenen Zwecke anzueignen. Der Gedanke gefiel ihm, daß die Schnelligkeit seiner Aktionen nach dieser Entdeckung wenigstens bewies, daß er noch nicht alt war.

Und dann wandte er sich wieder den denebischen Lebensformen zu.

Mehrere Kreaturen krochen aus dem Staub, keine dreißig Yards von Cunninghams Versteck entfernt, und er hoffte, sie würden nahe genug kommen, so daß er sie genauer studieren konnte. Aus der Entfernung sahen sie tatsächlich wie Krebse aus, mit ihren runden, flachen Körpern, die etwa zwölf Zoll im Durchmesser betrugen, und ihren vielen Beinen. Sie krabbelten flink umher, hielten bei den flechtenartigen Pflanzen an, nagten langsam dran, als wollten sie diesen köstlichen Genuß möglichst in die Länge ziehen. Manchmal gab es Kämpfe, wenn sich mehrere Tiere um denselben Leckerbissen rissen.

Cunningham beobachtete angespannt die Bewegungen der kleinen Geschöpfe und vergaß für eine Weile seine prekäre Lage. Er wurde wieder daran erinnert, als Malmesons Stimme aus seinem Kopfhörer tönte.

„Schau nicht so viel herum, du Narr. Der Kopfschutz schirmt zwar deine Haut ab, nicht aber deine Augen. Bleib im Schatten des Rumpfes, von dort aus können wir uns den Schaden ansehen."

Sofort wandte Cunningham seine Aufmerksamkeit wieder dem Schiff zu. Die Luke an der ihm zugekehrten Seite stand offen, und er sah die bulligen Figuren seiner beiden Ex-Assistenten auf dem Boden daneben stehen. Jeder trug einen schwarzen Arbeitsanzug, wie ihn Cunningham schmerzlich vermißte. Sie schienen nicht unter der Hitze zu leiden, obwohl sie im vollen Licht Denebs standen, als Cunningham zu ihnen hinabblickte. Er wußte, daß die Hitze sich in einiger Zeit verstärken würde, aber er hegte keine Hoffnung, daß Denebs tödliche Gefahren ihm zu Hilfe kommen würden. Die Anzüge enthielten Isolierungen, Kühlanlagen, strahlenabweisende Substanzen. Sie waren so schwer und plump, daß man sie nur trug, wenn man langwierige Arbeiten im Raum zu verrichten hatte.

Cunningham sah und hörte aufmerksam zu, als die beiden Männer sich unter den Rumpf begaben, um den Schaden zu begutachten. Aus ihren Worten entnahm er, daß es sich um einen Riß von drei Yards Länge und einem halben Yard Breite handelte. Kleinere Risse fanden sie im Metall rund um das große Loch. Diese Risse mußten zugeschweißt werden, bevor man es wagen konnte, abzufliegen. Malmeson war ein zu guter Ingenieur, als daß er auf diese Tatsache keine Rücksicht genommen hätte, und Cunningham hörte, wie er anordnete, die Kabel des Schweißgeräts an die Außenseite des Schiffes zu legen und es so zu verlagern, daß man auch zu den tiefer gelegenen Rissen Zugang hatte.

Die Männer führten die Arbeiten mit einer Geschicklichkeit aus, die ihren Beobachter nicht überraschte. Immerhin hatte Cunningham sie engagiert.

Alle paar Minuten blickte sich zu Cunninghams Mißfallen einer der beiden Männer aufmerksam in der Landschaft um. Zuerst auf der Seite des Schiffes, an der sie arbeiteten, dann gingen sie um den Rumpf herum, um auch das Gebiet auf der anderen Seite in Augenschein zu nehmen. Cunningham wußte, daß er trotz der niedrigen Schwerkraft die halbe Meile bis zum Schiff in den Pausen zwischen den prüfenden Beobachtungen der Männer nicht zurücklegen konnte. Und wenn er es auch geschafft hätte, seine Gestalt in dem glänzenden Metallanzug wäre ihnen bestimmt in die Augen gestochen. Er wollte keinen Versuch wagen, solange er sich des Erfolges nicht sicher sein konnte. Außerdem würde sein Anzug sich in ein oder zwei Minuten unerträglich erhitzen, und das Schiff war der einzige Ort, wo er ihn ablegen oder abkühlen konnte. Auch müßte er seine beiden Ex-Assistenten aussperren, wenn er an Bord des Schiffes war, und eine Waffe haben, die ihn in die Lage versetzen würde, Befehle zu erteilen. Aber dann fiel ihm ein, daß eine Waffe kaum vonnöten war. An Bord befand sich ein gutes Funkgerät – wenn die beiden es nicht zerstört hatten. Er mußte nur um Hilfe rufen und die beiden nicht einlassen, bis Hilfe eingetroffen war.

Er beschloß, das Schiff nach Sonnenuntergang genauer zu examinieren. Er kannte es so gut wie sein Haus, und er wußte, daß es außer den beiden Luken vor dem Kontrollraum und den beiden Notausgängen am Heck, durch deren einen er entflohen war, keine Zugänge gab. Diese vier Öffnungen konnte man von innen verschließen, und Cunningham wußte nicht, ob die Türen außer der jetzt offenstehenden Luke versperrt waren. Doch dann schob er diese Gedanken beiseite und beschloß erneut, nach Einbruch der Dunkelheit einen Erkundungsgang zu unternehmen. Nur dann konnte er feststellen, ob es möglich war, in das Schiff zu gelangen, ob er eine der Türen von außen öffnen konnte. Bis dahin teilte er seine Aufmerksamkeit zwischen den arbeitenden Männern und den Tieren, die vor seiner Höhle herumkrochen. Und letztere fand er viel interessanter.

Noch immer hoffte er, daß eines der Tiere nahe genug an die Höhle herankommen würde, damit er es genauer beobachten konnte, aber lange Zeit geschah nichts dergleichen. Einmal näherte sich eines der Geschöpfe bis auf zwölf Yards und hob sich auf die Hinterbeine. Ein Paar Fühler, an deren Ende sich Knöpfe von der Größe menschlicher Augäpfel befanden, streckten sich in alle Richtungen. Cunningham nahm an, daß diese Knöpfe die Funktion von Augen hatten, obwohl er aus dieser Entfernung nur gestaltlose schwarze Kugeln erkennen konnte. Die Fühler schwangen auch in seine Richtung, und dann sank die Kreatur wieder zu Boden und krabbelte davon. Cunningham fragte sich, ob sie seine Gegenwart gefühlt und Angst hatte. Aber er war überzeugt, daß kein Auge, das an die denebische Helligkeit gewöhnt war, in das Dunkel seines Verstecks blicken konnte. Vielleicht fürchtete sich das Tier auch nur vor Höhlen oder vor dem Dunkel im allgemeinen.

Daß es Grund zur Furcht hatte, merkte Cunningham, als sich ein anderes Krustentier aus dem Staub erhob, das viel größer war als die Tiere, die er zuerst entdeckt hatte. Es bekämpfte eines der kleineren Wesen. Der Kampf fand so weit von der Höhle entfernt statt, daß Cunningham keine Einzelheiten erkennen konnte. Aber das größere Tier überwältigte das kleinere rasch. Danach schien es sein Opfer auszusaugen und verschwand, offenbar auf der Suche nach neuer Beute. Es war kaum Cunninghams Blicken entschwunden, als ein weiteres Wesen auftauchte. Seine Gestalt glich der eines Tausendfüßlers, aber es war vierzig Fuß lang. Es bewegte sich mit der gleitenden Anmut seines irdischen Gegenstücks.

Der Neuankömmling beschnüffelte die Reste der Mahlzeit des Fleischfressers und verschlang sie dann. Dann blickte er sich um, offensichtlich auf der Suche nach weiterer Nahrung. Als er die Höhle sah, kroch er darauf zu, zu Cunninghams Entsetzen. Er war unbewaffnet, und der Tausendfüßler sah ganz so aus, als sei er durchaus in der Lage, die Opfer selbst zu töten, die er verspeisen wollte, wenn er vorhin von der Beute auch profitiert hatte. Ein Dutzend Yards vor der Höhle hielt er an, wie das kleine krebsartige Tier zuvor. Und wie dieses erhob er sich, um sich besser umsehen zu können. Die baseballgroßen schwarzen Augen schienen sekundenlang in Cunninghams Sichtfenster zu starren, dann wandte sich der Tausendfüßler zu Cunninghams grenzenloser Erleichterung ab und glitt rasch davon. Hatte das Tier Cunninghams Anwesenheit entdeckt? Oder verspürte es Angst vor dunklen Höhlen, wie offensichtlich auch das kleine Krebstier?

Wenn letzteres nicht zutraf, so gab es vielleicht irgendwelche Spuren von früheren Bewohnern der Höhle. Nach einem letzten Blick, der ihm sagte, daß die beiden Männer noch immer bei der Arbeit waren, drehte er sich um und begann seine nähere Umgebung genau zu studieren.

Überall lag Staub, besonders an den Wänden und in den Winkeln der Höhle. Es herrschte genug Licht im Innern der Höhle, das Cunningham dem Widerschein einiger Gegenstände draußen zu verdanken hatte, und er konnte alles genau sehen. Bald fand er Spuren im Staub, die von den Tieren stammen konnten, die er gesehen hatte. Es gab so viele Spuren, daß er annahm, die Höhle sei in letzter Zeit stark frequentiert worden. Und es sah ganz so aus, als blieben die Tiere ihrem Unterschlupf jetzt fern, weil ein Mensch ihn besetzt hielt.

An der hinteren Wand fand er die leere Hülle, die einst

ein viergliedriges Bein umgeben hatte. Er sah, daß das Fleisch entweder verzehrt worden oder verwest war, obwohl es ihm schwerfiel, zu glauben, daß in dieser luftlosen Gegend etwas verwesen sollte. Cunningham fragte sich, ob das Bein mit seinem rechtmäßigen Eigentümer in die Höhle gelangt war oder ob es Teil der Mahlzeit eines anderen Tieres gewesen war. Wenn die erste Annahme zutraf, dann mußte er noch mehrere Reste des Tieres finden.

Er fand sie. Nachdem er minutenlang im Staub gegraben hatte, entdeckte er das Skelett eines der kleineren krebsartigen Wesen. Cunningham trug die sterblichen Überreste zum Eingang der Höhle, um sie zu untersuchen und gleichzeitig auch das Schiff beobachten zu können.

Zuerst widmete er sich den Knöpfen, die er für Augen gehalten hatte. Eine Untersuchung der Oberfläche ergab nichts, also riß er sorgfältig einen der Fühler aus. Der Arm des Fühlers war hohl, wie er erwartet hatte. Er fand innen keine Spuren einer Netzhaut, aber er entdeckte auch in den anderen Teilen des Skeletts keine fleischlichen Spuren, also bewies das gar nichts. Dann hielt Cunningham das Vorderteil des schwarzen Panzers vor die Augen, und als er in die Richtung des gleißenden Raumschiffs sah, funkelte Licht durch ein mikroskopisch kleines Loch. Die Kugel war also doch ein Auge, aber das eigentliche Sehorgan befand sich im Panzer, wo es besseren Schutz vor dem überhellen Licht von Deneb fand. Bei Nacht war es wohl nutzlos. Cunningham sah sich nun erneut mit dem Problem konfrontiert, ob die Tiere seine Anwesenheit in der Höhle bemerkt hatten. Seine ursprüngliche Annahme, daß kein an die strahlende Helligkeit von Deneb gewöhntes Auge etwas in der dunklen Höhle ausmachen konnte, schien zuzutreffen.

Er setzte seine Untersuchungen fort. Ein Gehör- oder

Geruchssinn fiel bei dieser luftleeren Umgebung wohl aus. Und er fand nichts, was auf einen Tast- und Geschmackssinn schließen ließ.

Cunningham war so in seine Studien vertieft, daß er sich keinerlei Gedanken über seine gefährliche Situation machte. Er hatte das Skelett noch nicht zu Ende seziert, als er durch das Erscheinen eines der fleischfressenden Tiere unterbrochen wurde. Es blieb ein Dutzend Yards vor der Höhle stehen, richtete sich auf seinen dünnen Beinen auf und schien um sich zu glotzen. Cunningham warf eines der Beine, die er dem Skelett ausgerissen hatte, auf das Tier. Offensichtlich sah es die fliegenden Gliedmaßen, aber es machte keine Anstalten, danach zu schnappen. Statt dessen wandte es seine Augen in Cunninghams Richtung und ergriff dann schleunigst die Flucht.

Das Tier schien über kein nennenswertes Gedächtnis zu verfügen, denn zwei Minuten später kroch es erneut heran, nagte an den Pflanzen und tötete eines der kleineren Wesen, die überall herumkrabbelten. Diesmal konnte er den Kampf und das darauffolgende Festmahl genauer beobachten, denn beides fand ganz in seiner Nähe statt. Diesmal erschien der Riesentausendfüßler bereits, als der Fleischfresser noch mit seiner Mahlzeit beschäftigt war. Beide schwarzen Tiere, das tote und das lebendige, verschwanden im Rachen des Riesen.

Was die Episode für Cunningham so interessant machte, war die Tatsache, daß die Pflanzenfresser mit Höchstgeschwindigkeit auf die Höhle zukrochen, sobald der Tausendfüßler zwischen ihnen erschien. Zuerst dachte er, sie würden zurückschrecken, wenn sie ihn sahen oder spürten, aber offensichtlich war er das kleinere von zwei Übeln, denn sie krochen an ihm vorbei und vergruben sich im Staub. Cunningham beobachtete sie mit Vergnügen, als ob sie sich nur ihm zu Gefallen hier versammelt hätten.

Als die letzten Tiere im Staub verschwunden waren, wandte er sich wieder der Szene draußen zu. Der Tausendfüßler beendete gerade sein Mahl, dann glitt er zum Gipfel einer größeren Staubdüne und ließ sich darauf nieder. Von dieser Position aus konnte er nach allen Richtungen Ausschau halten.

Da der Tausendfüßler nicht die Absicht zu haben schien, sich in der nächsten Zeit zu rühren und die Männer noch immer bei der Arbeit waren, beschloß Cunningham, die kleinen Krebstiere in seiner Höhle näher zu betrachten. Er kroch an die nächste Wand und begann vorsichtig im Staub zu graben. Schon nach kurzer Zeit bekam er ein sich windendes Tier zu fassen und hielt es ans Licht. Wenn er es mit der Unterseite nach oben hielt, konnte es mit seinen Beinen nirgends Halt finden, und er konnte trotz der wild zuckenden Gliedmaßen in aller Ruhe das Tier betrachten. Die Kiefer, die sich jetzt wütend öffneten und schlossen, waren mit Zahnreihen ausgestattet, die seltsame Spekulationen in bezug auf die Pflanzenwelt zuließen, die damit verzehrt wurde. Die Zähne sahen aus, als seien sie imstande, die Metallfinger von Cunninghams Raumanzug zu zermalmen, und er hielt seine Hand vorsorglich außer Reichweite.

Er begann sich zu fragen, wie das Tier ohne Luft leben konnte, und um diesem Problem auf den Grund zu kommen, mußte er das Tier töten, ohne ihm großen inneren Schaden zuzufügen. Offensichtlich war es fähig, viele Stunden ohne direkte Sonneneinstrahlung zu überleben, die die wichtigste Energiequelle auf diesem Planeten zu sein schien. Die Körpertemperatur des Tieres war hoch genug, um Cunningham auch durch den Raumanzug hindurch ein unangenehmes Hitzegefühl zu vermitteln. Er blickte sich nach einer passenden Waffe um.

Einige tiefe Spalten gruben sich in den Stein am Höhleneingang, die wahrscheinlich von der Ausdehnung und Kontraktion der Materie bei Temperaturwechsel herrührten. Mit geringer Anstrengung gelang es ihm, einen spitzen, ziemlich schweren Stein herauszubrechen. Er legte das Tier mit dem Rücken auf den Boden und hoffte, daß es etwas besaß, was in irgendeiner Form mit einem Solarplexus korrespondierte.

Das Tier war zu schnell für ihn. Die Beine, die seine Hand nicht erreichen konnten, als es auf dem Rückenschild in seine Handfläche eingebettet gelegen hatte, konnten sich auf dem unebenen Grund rasch Halt verschaffen. Noch bevor er zuschlagen konnte, hatte das Tier sich umgedreht und rannte mit einer Hast davon, die die überstürzte Flucht vor dem Tausendfüßler noch in den Schatten stellte.

Cunningham zuckte mit den Schultern und grub ein anderes krebsartiges Wesen aus. Diesmal hielt er es in der Hand, während er mit der Steinspitze auf seine Brust hieb. Kein Effekt war zu sehen. Er hatte nicht gewagt, allzu fest zuzuschlagen, aus Angst, die Brustschale zu zertrümmern. Er schlug noch mehrmals zu, mit gleichem Erfolg und wachsender Ungeduld. Und dann geschah, was er befürchtet hatte. Die Brustschale gab nach, die Steinspitze bohrte sich tief in den Tierkörper und beschädigte fast alle inneren Organe. Die Beine zuckten noch ein- oder zweimal, dann bewegten sie sich nicht mehr, und Cunningham stieß einen Fluch aus.

Er entfernte die zerbrochenen Teile der Brustschale und blickte erstaunt auf die Flüssigkeit, die den Körper des Tieres gefüllt zu haben schien. Sie besaß eine silbrige, beinahe metallische Farbe. Sie sah aus wie Quecksilber, aber andererseits netzte sie die Organe und hatte offenbar einen Siedepunkt, der über dem jenes Metalls lag. Cunningham dachte gerade über die merkwürdige Beschaffenheit dieser Flüssigkeit nach, als ihm das tote Tier heftig aus der Hand gerissen wurde. Er schlug einen Purzelbaum nach hinten und prallte gegen die rückwärtige Höhlenwand. Als er sich wieder aufrappelte, sah er zu seinem Entsetzen, daß der Angreifer niemand anderer als der Riesentausendfüßler war.

Er fraß Cunninghams Lernobjekt auf und ließ nur die äußersten Spitzen der Beine übrig. Und dann richtete er sich auf und richtete die unsichtbaren Nadelpunkte seiner Pupillen auf den Mann im Raumanzug. Cunningham holte tief Atem, umklammerte fest das Steinstück, obwohl er wenig Hoffnung hatte, die Kreatur überwältigen zu können. Die Zähne, die er gerade arbeiten gesehen hatte, waren noch gefährlicher als die des kleinen, krebsartigen Tieres, und die Kiefer waren groß genug, um ein menschliches Bein umfassen zu können.

Etwa fünf Sekunden lang starrten sie einander reglos an. Dann kam das Tier zu Cunninghams Erleichterung zu dem gleichen Entschluß, den es bereits einmal gefaßt hatte, als es den Menschen examiniert hatte. Es glitt eiligst davon. Diesmal blieb es nicht in Sichtweite. Es bewegte sich noch immer äußerst rasch, als es die Grenze von Cunninghams Blickfeld erreichte.

Leicht zitternd bezog er wieder Position am Höhleneingang, setzte sich so, daß er das Schiff beobachten konnte, und begann nachzudenken. Viele Erfahrungen, die er bisher hier gesammelt hatte, erschienen ihm höchst interessant, wenn nicht gar faszinierend. Der Tausendfüßler hatte den Pflanzenfresser nicht gesehen, der aus Cunninghams Höhle floh, oder er hatte ihn zumindest nicht verfolgt. Die Kreatur schien nur anzugreifen, wenn bereits Blut vergossen worden war. Zweimal hatten die Fleischfresser Vorarbeit geleistet, einmal Cunningham. Offensichtlich machte es keinen Unterschied, wo die

Opfer sich befanden – zwei hatten im vollen Sonnenlicht gelegen, eines war im Dunkel der Höhle. Das bewies, daß der Tausendfüßler sowohl im Licht als auch in der Finsternis sehen konnte. Er war nicht nur ein Aasfresser. Cunningham hatte beobachtet, daß der Fleischfresser mitsamt seiner Beute im Rachen des Tausendfüßlers verschwunden war. Gewiß besaß er die Fähigkeit, einen Menschen zu überwinden, aber zweimal hatte er rasch die Flucht ergriffen, obwohl er doch in einer ausgezeichneten Angriffsposition gewesen war. Was war es, das die Kreatur zu den Kampfstätten zog, wo Blut vergossen wurde? Was war es, das sie ängstlich vor einem Menschen die Flucht ergreifen ließ wie alle Wesen auf dieser Welt, die er bisher gesehen hatte?

Auf jedem Planeten, der von einer Atmosphäre umgeben war, hätte Cunningham die Antwort gewußt. Es hätte am Geruchssinn liegen müssen. Für ihn waren die Geruchsorgane immer mit einem Atemapparat verbunden, der diesen Tieren offensichtlich fehlte.

Und warum hatte sich der Tausendfüßler so lange mit der Flucht Zeit gelassen? Dauerte es länger, als er annahm, bis die Augen des Tieres ihm Informationen lieferten? Normalerweise sieht man wohl schneller, als man riecht..."

Endlich kam er darauf, und er ärgerte sich, weil das so lange gedauert hatte. Für den Menschen ist das Auge ein Organ, das Bilder formt, Bilder von dem Gegenstand, dessen Strahlungen es aufnimmt. Und eine Nase ist eine Vorrichtung, die seinen Eigentümer vom Vorhandensein von Molekülen unterrichtet. Aber welches Organ kann ein Bild von einer Geruchsquelle formen?

Denn gerade das taten diese „Augen". Im nahezu vollkommenen Vakuum dieses Planeten zerstreuten sich Gase mit hoher Geschwindigkeit, und ihre Moleküle wanderten in geraden Linien. Und auf dieser Welt brauchte man ein Auge, dessen Netzhaut mit Geruchsnerven kombiniert war anstatt mit lichtempfindlichen Nerven.

Deshalb waren die Tiere dieses Planeten Lichtdifferenzen gegenüber unempfindlich. Im offenen Raum, unter den Strahlen Denebs, „sahen“ sie genauso wie in der dunklen Höhle, vorausgesetzt, daß irgend etwas in ihrer Nachbarschaft Moleküle verbreitete. Und jede Substanz, sei sie von fester oder flüssiger Beschaffenheit, sendet ihre Dämpfe aus. In der Hitze von Deneb gaben sicher auch die unwahrscheinlichsten Materien ihre Dunstwellen von sich, die auf die Organe dieser Tiere einwirkten – besonders Metalle. Die Lebensflüssigkeit der Tiere war metallisch – vielleicht Blei, Zinn, Wismut oder ein ähnliches Metall. Oder vielleicht trug eine Metallmischung die vitalen Substanzen zu den Zellen der Tiere. Sicher bestanden auch die Zellen der Tiere größtenteils aus Metall.

Aber diese Fragen zu beantworten, war Sache eines Biochemikers. Cunningham versuchte, sich die Analogie von Geruch und Farbe vorzustellen, die hier existieren mußte. Leichte Gase wie Oxygen und Nitrogen waren hier sicher selten, und die winzigen Mengen, die von seinem Raumanzug ausgingen, waren absolut neu für die Kreaturen, deren Organe sie fühlten. Sie mußten ihr Nervensystem genauso in Aufruhr gebracht haben wie eine Feuersbrunst wilde Tiere auf der Erde. Kein Wunder, daß der Tausendfüßler das Weite gesucht hatte.

Nachdem er diese Fragen beantwortete hatte, schenkte Cunningham seine Aufmerksamkeit wieder seiner eigenen Situation, dem Problem seines Überlebens. Und er hatte noch nicht lange darüber nachgedacht, als er die Lösung dieses Problems vor sich sah. Er begann zu lächeln, als die Fragmente seiner Idee sich zu einem Ganzen fügten. Eine Idee, in der metallisches Blut und die Bleisubstanz der Arbeitsanzüge seiner Ex-Assistenten eine Rolle spielten, sowie die Blutrünstigkeit seiner vielbeinigen neuen Freunde. Der Plan nahm immer deutlichere Gestalt in seinem Gehirn an, und lächelnd machte er es sich bequem, um auf den Sonnenuntergang zu warten.

Die Sonne von Deneb hatte bereits einen weiten Bogen über den Himmel beschrieben. Cunningham wußte nicht, wie lange er noch warten mußte, da er keine Uhr besaß. Und bald machte er die Erfahrung, daß die Zeit viel langsamer verstreicht, wenn man nichts hat, womit man sich beschäftigen kann. Als der Nachmittag sich dahinschleppte, war er gezwungen, sich vom Höhleneingang zu entfernen, da die sinkende Sonne in die Höhle schien. Kurz bevor sie hinter dem Horizont verschwand, saß er eng an eine Höhlenwand gepreßt, während die gegenüberliegende Wand in volles Licht getaucht war. Nur ein kleiner Fleck in der Höhle blieb von den Strahlen verschont. Cunningham seufzte erleichtert auf, als die letzten tödlichen Sonnenstrahlen endlich verschwanden.

Die kleinen Pflanzenfresser hatten sich inzwischen von ihrem Schrecken erholt und die Höhle wieder verlassen. Er hatte nicht versucht, sie zurückzuhalten. Jetzt kroch er aus der Höhle und zur nächstgelegenen Staubdüne, die im Sternenlicht kaum zu sehen war. Schon nach kurzer Suche fand er einen Pflanzenfresser und kehrte mit ihm in die Höhle zurück. Mit der kleinen Lampe, die am Gürtel seines Raumanzugs angebracht war, erleuchtete er vorsichtig die Szenerie. Dann errichtete er einen Staubhaufen, in dessen Gipfel er eine längliche Mulde grub, tötete den Pflanzenfresser mit demselben Stein, den er schon einmal als Schlagwaffe benutzt hatte, und goß das „Blut" in die Mulde.

Die metallische Flüssigkeit kühlte schnell ab, und nach kurzer Zeit hatte Cunningham einen silbrigen Stab von der Stärke eines Bleistifts und etwa sechs Zoll lang. Er hatte ein wenig Angst vor dem Tausendfüßler. Aber die Riesenkreatur war entweder zu weit entfernt, um in die Höhle zu „sehen“, oder sie hatte sich wie die anderen Tiere nach Sonnenuntergang eingegraben.

Cunningham ergriff den Stab, der biegsam wie eine Rute war, löschte das Licht und näherte sich vorsichtig dem Raumschiff. Von den anderen Männern war nichts zu sehen. Sie hatten ihre Schweißgeräte mit in das Innere des Schiffes genommen. Cunningham kroch unter den Rumpf und betrachtete den Schaden im Licht seiner Lampe. Der Schaden war genauso, wie er es dem Gespräch der beiden Männer entnommen hatte. Lächelnd nahm er seinen kleinen Metallstab und ging an die Arbeit. Eine Zeitlang war er unter dem Rumpf beschäftigt, und dann kroch er hervor, fand einen weiteren Pflanzenfresser und kehrte wieder unter den Rumpf zurück. Als er sein Werk beendet hatte, ging er um das Schiff herum, untersuchte alle Luken und stellte fest, daß sie von innen verschlossen waren.

Das überraschte ihn weder, noch enttäuschte es ihn. Ohne sich weiter aufzuhalten, kehrte er in seine Höhle zurück, wobei er einige Schwierigkeiten hatte, sie im schwachen Sternenschein zu finden. Er errichtete sich ein Lager aus aufgehäuftem Staub und versuchte, zu schlafen. Wie er erwartet hatte, gelang es ihm nicht.

Die Nachht verging unerträglich langsam. Beinahe bereute er, daß er sich in der vergangenen Nacht den Stand der Sterne eingeprägt hatte, denn dadurch wußte er jetzt, daß es noch lange dauern würde, bis die ersten Sonnenstrahlen sich am Horizont zeigten.

Endlich war es soweit, und die Hügel, die das Tal säumten, glühten im strahlenden Licht. Cunningham stand auf und streckte sich. Er war steif und spürte alle Muskeln, denn in einem Raumanzug schläft man noch schlechter als auf einem Ziegelhaufen.

Als die Strahlen das Raumschiff erreichten und es in einen glänzenden Silbervogel verwandelten, öffnete sich eine Luke. Cunningham war überzeugt, daß die Männer sich beeilen würden, ihre Arbeit zu beenden. Sicher hatten sie genauso ungeduldig auf den Sonnenaufgang gewartet wie er. Darauf hatte er seinen Plan aufgebaut.

Malmeson stieg als erster aus der Luke, was Cunningham dem Gespräch der Männer entnahm, das er klar verstehen konnte. Sein Gefährte reichte ihm die Schweißgeräte aus der Luke. Dann gingen sie beide zu der beschädigten Stelle. Offensichtlich bemerkten sie die Metallstücke nicht, die lose herumlagen. Jedenfalls erwähnte Malmeson nichts davon, als er unter den Rumpf glitt und der andere Mann ihm die Geräte reichte.

Die Pflanzenfresser begannen, sich aus dem Sand zu wühlen, als der Schweißbrenner aufflammte – gerade zur rechten Zeit, wie Cunningham zufrieden feststellte. Seine Ex-Assistenten konnten ihm keinen besseren Gefallen tun, als zu diesem Zeitpunkt mit der Arbeit zu beginnen. Er entfernte sich ein Stück vom Eingang der Höhle, um sein Blickfeld zu erweitern, blieb jedoch im Schatten des Hügels. Aber minutenlang konnte er keine anderen Tiere als die Pflanzenfresser sehen.

Schon begann er zu fürchten, daß die Gäste, die er eingeladen hatte, zu weit entfernt waren, um seinen Ruf zu vernehmen, aber dann sah er den langen, schwarzen Körper, der lautlos über die Staubdünen auf das Schiff zukroch. Zufrieden lächelte er, und dann hob er erstaunt die Brauen, als er eine zweite schwarze Schlangenform sah, die der Spur der ersten folgte.

Rasch blickte er sich um und entdeckte noch vier weitere Monstren, die in halsbrecherischer Geschwindigkeit auf das Raumschiff zuglitten. Das Licht, das er entzündet hatte, schien mehr Augen erreicht zu haben, als er zu hoffen gewagt hatte. Er war überzeugt, daß die Männer bewaffnet waren, und hatte nie angenommen, daß sie von den Kreaturen überwältigt werden würden. Er rechnete nur mit ihrer Verwirrung, die ihm genug Zeit lassen würde, die offene Luke zu erreichen.

Er erhob sich und bereitete sich auf den Lauf vor, als Malmesons Gefährte den ersten der nahenden Tausendfüßler sah und Malmeson etwas zurief. Malmeson war kaum auf die Beine gekommen, als auch der zweite Tausendfüßler die beiden Männer erreicht hatte. Im selben Augenblick trat Cunningham ins Sonnelicht und legte seine ganze Kraft in jeden gleitenden Schritt, der ihn dem Ziel näher brachte.

Er fühlte die Glut der Strahlen, und bevor er ein Drittel der Strecke zurückgelegt hatte, war sein Raumanzug bereits unerträglich heiß. Aber auch seinen Ex-Assistenten dürfte es in der Zwischenzeit einigermaßen heiß geworden sein. Denn zehn schwere Ungeheuer hatten auf die Ausstrahlung des so anziehenden Geruchs – oder war es für sie eine Farbe? – reagiert. Der Geruch oder die Farbe war entstanden, als Malmeson seinen Schweißer auf das Metall angesetzt hatte, an dem Cunningham nachts seinen Metallstab angebracht hatte. Das metallische Blut war geschmolzen, und Malmeson lag mitten darin, als er versuchte, die Angreifer abzuwehren. Er hatte eine Flammenpistole, die den Kreaturen, deren Blut aus geschmolzenem Metall bestand, aber wenig anhaben konnte. Sein Gefährte, der mit dem Schweißbrenner auf die Riesentausendfüßler losging, war nicht viel besser dran. Sie zwängten sich zwischen den schwarzen, sich windenden Leibern hindurch auf die Luke zu, und keiner der beiden Männer sah Cunningham, der taumelnd näher kam. Er sah kaum mehr etwas durch sein Sichtfenster, das vom Dunst seines Schweißes benebelt war, als er die Luke erreichte und darin verschwand.

Da er human veranlagt war, verschloß er die äußere Luke nicht. Aber er versperrte die innere, bevor er in den Kontrollraum trat. In aller Ruhe legte er seinen Raumanzug ab, und als er hörte, wie die äußere Tür zufiel, schaltete er den Strom ab, der den Schweißbrenner speiste. Jetzt war er sicher. Die Flammenpistole konnte der inneren Tür nicht gefährlich werden. Er ging zum Funkgerät und gab mit ruhiger Stimme seinen Hilferuf durch. Dann schaltete er das Signallicht ein, damit die Rettungsmannschaft das Schiff finden konnte. Erst dann nahm er mit den beiden Männern Verbindung auf und erzählte ihnen, was er getan hatte.

„Ich wollte Ihnen ja nichts antun", sagte Malmeson. „Ich wollte nur das Schiff haben. Ich weiß, Sie haben uns gute Löhne bezahlt, aber als ich dachte, wieviel Geld man auf einigen Planeten machen könnte, wenn man nach etwas anderem sucht als nach verrückten Bestien und Pflanzen, konnte ich nicht widerstehen. Sie können uns jetzt in den Kontrollraum lassen. Ich verspreche, wir werden nichts mehr gegen Sie unternehmen. Sie sagten, eine Rettungsmannschaft ist unterwegs?"

„Es tut mir leid, daß Ihnen mein Hobby nicht gefällt", sagte Cunningham. „Ich finde es sehr amüsant, und manchmal erweist es sich sogar als sehr nützlich, wie zum Beispiel heute. Übrigens glaube ich, daß mir wohler sein wird, wenn ihr beide da draußen bleibt. Ich hoffe, ihr habt genügend Verpflegung und Wasser in euren Raumanzügen mitgenommen, denn es kann einige Stunden dauern, bis das Rettungsschiff eintrifft."

„Okay, Sie haben gewonnen", sagte Malmeson.

„Das glaube ich auch", erwiderte Cunningham und schaltete das Sprechgerät aus.

Eigentlich sollte die Galaxis ein perfektes Versteck sein. Hundert Milliarden Sonnen und hunderttausend Lichtjahre bilden einen riesigen Heuhaufen, in dem man eine mikroskopisch kleine Nadel von der Größe eines Menschen oder sogar eines Planeten nur unter großen Schwierigkeiten finden dürfte. Eine Photographie der Milchstraße gibt vielleicht Aufschluß darüber, wie verwirrend es sein muß, solche Sternenmassen durchzukämmen.

Das war La Roques erster Eindruck von der Galaxis, und den hatte er nicht durch Photographien gewonnen. Zugegeben, er war an interplanetarische Flüge eher gewöhnt als an interstellare. Aber man konnte sich genausogut in einem Sonnensystem verirren wie zwischen mehreren. Und als es ihm zweckmäßig erschien, für einige Zeit zu verschwinden, brauchte er nicht lange zu überlegen.

Es war nicht allzu schwierig, ein Schiff zu bekommen, sogar auf legale Weise. Die Flüge zwischen den einzelnen Planeten des Sonnensystems gehörten längst zum Alltag, und Privatflüge wurden durch die üblichen Zollformalitäten kaum behindert. La Roque hatte allerdings eine Reise vor, die noch privater war, als dies normalerweise üblich war.

Er erwarb ein Schiff. Das Ereignis, das seine Flucht ratsam erscheinen ließ, hatte ihn zu einem vermögenden Mann gemacht. Es war ein kleines Schiff zweiter Ordnung, ein Metallei von siebzig Fuß Länge und dreißig Fuß Breite. Das Schiff konnte sechshundert Tonnen Gewicht tragen und besaß alle Einrichtungen, die es zum interstellaren Flug mit Überlichtgeschwindigkeit befähigten. Die Konverter verbrauchten Quecksilber, konnten aber genauso auf ein anderes Metall mit niedrigem Schmelzpunkt eingestellt werden.

La Roque zog es vor, in der Menge unterzutauchen, und so wählte er für seinen Abflug den stets überfüllten Flughafen Allahabad. Es war nach Mitternacht in einer warmen Julinacht, als er mit Hilfe eines Leitstrahls die Erdatmosphäre verließ. Um ein Uhr war er außerhalb des Leitstrahlbereichs, und nach einem Blick auf seinen Richtungsanzeiger ging er auf Überlichtflug.

La Roque wußte nicht mehr von Astronomie als jeder andere seiner Zeitgenossen, der über eine durchschnittliche Bildung verfügte. Obwohl die Leuchtfeuer Rigel, Deneb und Kanopus von jedem Teil der Galaxis, den er mit seinem Schiff erreichen würde, gesehen werden konnten, waren sie nutzlos für ihn. Die einzige Vorrichtung, die ihm die Hoffnung auf eine eventuelle Rückkehr zur Erde ließ, bestand in der Kamera, die jeden Sekundenbruchteil den Stand der Sterne photographierte. Aber auch dieser Vorteil wurde nutzlos, wenn er durch eine Region von geringer Sternendichte kam, die keine charakteristischen Sternkonstellationen bot, an denen er sich orientieren konnte. Er war vernünftig genug, das zu erkennen, und behielt konsequent eine Richtung bei. Er war ziemlich sicher, einen bewohnbaren Planeten zu finden. Ein Stern ohne Planeten war eine Seltenheit. Welten, auf denen ähnliche Bedingungen wie auf der Erde herrschten, kamen nicht allzu oft vor, aber oft genug, so daß die Verabschiedung von Gesetzen gegen uneingeschränkte Kolonisation notwendig geworden war.

Nachdem er den ersten Schritt seiner Flucht getan hatte, überdachte er die möglichen Aktivitäten des Gesetzes. Wenn er Glück hatte, würde es einen ganzen Monat dauern, bis man herausfand, warum er sich aus dem Staub gemacht hatte. Außerdem würde man sein Schiff erst in einiger Zeit vermissen, da er in Allahabad als Ziel Tau Ceti angegeben hatte. Und bis dorthin war es ziemlich weit. Es würde einen oder zwei Tage dauern, seiner tatsächlichen Flugrichtung mit Computerhilfe zu folgen, falls einem Observatorium aufgefallen war, daß er seine ursprüngliche Richtung nicht eingehalten hatte. In diesem Fall würde er wenig Zeit haben, sich zu verstecken. Jeder Kreuzer, der in ein paar Tagen die Strecke zurücklegte, zu der er einen Monat brauchte, konnte ihn einholen.

Deshalb war es nötig, daß er möglichst schnell ein Versteck fand. Einen Planeten, wo er sein Schiff verbergen konnte, wo ihn kein Kreuzer aufstöbern konnte – außer, einige Bewohner des Planeten hatten etwas gegen ihn. Vielleicht fand er ganz zufällig einen geeigneten Planeten, aber die Entfernung, die er in seiner Gnadenfrist von einem Monat zurücklegen konnte, war begrenzt. Und innerhalb dieser Strecke lagen sehr wenige Sonnen. Er holte ein paar heliozentrische Karten hervor und studierte sie.

Er hätte sein Ziel schon vor seinem Abflug bestimmen sollen. Und vor allem hätte er sich informieren sollen, wie er es finden konnte. Sonst hatte er seine Aktionen auch immer ganz minuziös geplant und höhnisch auf weniger vorsichtige Kollegen herabgeblickt, deren mangelnde Vorsicht sie hinter Schloß und Riegel gebracht hatte. Er verstand nicht, warum er bei seinem interstellaren Flug nicht das gleiche Prinzip angewandt hatte. Aber er hatte es eben nicht getan, und mit dieser Tatsache mußte er sich abfinden.

Die Liste, die sich bei den Karten befand, erwies sich als sehr hilfreich. Bei jedem stellaren System war die Anflugroute beschrieben, ebenso war die Entfernung von anderen Systemen angegeben. Er suchte die Systeme heraus, die seiner Flugroute, wenn er geradeaus weiterflog, am nächsten lagen.

Da gab es zwölf Sonnen in sieben Systemen, die nicht

mehr als ein Lichtjahr von seinem Kurs entfernt lagen. Er war überrascht, daß so viele Systeme in Frage kamen. Natürlich waren die meisten Sonnen „tote“ Sterne, die nur aus allernächster Nähe auszumachen waren. Sechs davon hatten planetarische Systeme, und auf allen Planeten herrschten Temperaturen, die unter dem Gefrierpunkt von Quecksilber lagen.

Das war ein unglückseliger Zufall. Es bedeutete, daß er im Schiff bleiben mußte, wenn er auf einem dieser Planeten überleben wollte, und wertvolle Energie für Wärme und Licht verbrauchen mußte. Dann sandte er unweigerlich Strahlung aus, die jedem Kreuzer auffallen mußte. Er mußte einen Platz finden, wo es innerhalb des Schiffes einigermaßen warm blieb, ohne daß er Energien einsetzen mußte. Ohne Licht konnte er auskommen, wie er glaubte.

Dieses Problem hätte einen Piloten mit auch nur bescheidenen Erfahrungen kaum beunruhigt. Er hätte das Schiff in eine Umlaufbahn um einen Stern bringen können. Aber unglücklicherweise bestanden gewisse Relationen zwischen der Schwerkraft eines Sternes, dem Radius der gewünschten Umlaufbahn und der Geschwindigkeit, in der sich das Schiff befinden mußte, um in die Umlaufbahn zu geraten. Und diese Relationen kannte La Roque nicht. Wenn er es versuchte und dabei einen Fehler beging, konnte das unliebsame Folgen haben. Zum Beispiel konnte er in eine Umlaufbahn geraten, in der er von Suchschiffen entdeckt wurde. Seine Stirn über den buschigen schwarzen Brauen runzelte sich besorgt, während er durch das All raste.

Der Lichtfleck in seinem Sichtfenster verblaßte, als die Sonne immer mehr nach achtern geriet. Er begann die Einsamkeit des Raumes zu fühlen, und die Erde schien in unerreichbare Fernen gerückt.

Nach zwei Tagen erreichte er das erste der sieben Systeme. Sogar aus der geringen Entfernung eines halben Lichtjahrs sah er es nicht. Die Karte beschrieb es als Doppelsonnensystem, und beide Sterne waren kühl genug, daß sich in ihren Atmosphären Wolken aus festen und flüssigen Substanzen bildeten. Keine der Sonnen sandte sichtbare Strahlen aus. Das Mittel ihrer Kreisbahnen war elliptisch. Die Sonnen hatten das Periastrum vor etwa zwölf Jahren passiert.

Trockene Daten. Aber sie brachten La Roque auf eine Idee. Wenn er sich dem Mittel der beiden Kreisbahnen anpaßte, konnte es ihm gelingen, in eine elliptische Umlaufbahn zu kommen. In der Nähe der toten Sterne konnte er unsichtbar bleiben... Aber noch bevor er den Gedanken zu Ende denken konnte, hatte er das System passiert.

Blieben noch vier einzelne Sonnen. Jeder vernünftige, normale Mensch hätte nun ohne zu zögern das nächste System gewählt. Aber La Roque wählte das entfernteste, was vielleicht mit seiner Spielernatur zusammenhing. Denn es bestanden einige Zweifel, ob er das System erreichen würde, bevor ein Suchschiff in seine Nähe kam.

Von seiner derzeitigen Position aus konnte er das System nicht direkt anfliegen. Seine Kenntnisse von Geometrie und Trigonometrie waren so gering, daß er sich gezwungen sah, seinen jetzigen Kurs beizubehalten, bis er an eine Stelle kam, von der aus er mit Hilfe der Heliozentrischen Karte die genaue Entfernung zu dem System feststellen konnte. Dann würde er eine bestimmte Zeitlang fliegen und sein Ziel erreichen.

Die Zeit kroch dahin. Die Sterne glitten an ihm vorbei. Die meiste Zeit schlief er. Außer den Karten, einigen astrographischen und planetographischen Plänen und den Geldscheinen, die seine Flucht von der Erde verursacht hatten, hatte er nichts zu lesen. Letztere hielten seine Moral für eine Weile hoch.

Der Flug auf einem Schiff zweiter Ordnung war nicht schwierig. Man mußte nur das Ziel einstellen, bevor man den Konverter einschaltete. Das Schiff kam von seinem einmal eingeschlagenen Kurs nicht ab. Das tat es nur, wenn man die Konverter ausschaltete und den Kurs neu einstellte. Tatsächlich beschrieb das Schiff einen Bogen, was auf die Energie der Generatoren zurückzuführen war, aber der Bogen war so weit, daß man den Flug als geradlinig betrachten konnte.

Die drei Sternensysteme, die La Roque als Zufluchtsstätten abgelehnt hatte, flogen vorbei. Jedesmal war er versucht, abzubiegen und seine Flucht zu beenden, aber er bekämpfte die Versuchung. Tage wurden zu Wochen, zu drei Wochen, und der Vorsprung, den er vor dem Gesetz hatte, schmolz zusammen. Noch sieben Lichtjahre bis zu dem Versteck seiner Wahl.

Endlich kam er zu der Stelle, an der er seinen Kurs ändern mußte. Er stellte alle Sichtfenster an. Der helle Stern im Rückfenster war zweifellos die Erdensonne. La Roque hielt nach Deneb Ausschau, aber Cygnus war durch eine parallaktische Variation von neun Parsek so verzerrt, daß es ihm unmöglich war, seinen Alphastern mit Sicherheit zu erkennen. Orion war erkennbar, da er sich mehr oder weniger in gerader Linie von ihm entfernt hatte. Er beschloß, sich an Rigel zu orientieren.

Er schaltete die Konverter aus, schwang das Schiff herum, bis die Sonne in einem Mittelfenster erschien. Glücklicherweise war Rigel im selben Fenster zu sehen. Er kontrollierte die Steuerung, bis Rigel im richtigen Winkel zu seinem neuen Kurs stand, und schaltete die Konverter wieder ein.

Er hatte noch acht Stunden und dreißig Minuten zu fliegen, bis er sein Ziel erreicht haben würde. Besorgt fragte er sich, ob die Gefahr eines Zusammenstoßes bestand. Das war nicht überraschend. Ein Flugneuling macht einen Punkt auf die Karte, wenn er seine Position bestimmen soll. Ein Pilot, der zum zweitenmal fliegt, malt einen Kreis, und der erfahrene Navigator legt seine Handfläche auf die Karte und sagt: Hier müßten wir sein. Und der Punkt, auf den sich La Roque verließ, konnte leicht in gefährlicher Nähe von Meteoren sein.

Erwartungsvoll starrte er auf das vordere Sichtfenster. Eine halbe Milliarde Meilen vor ihm sollte eine rotglühende Kugel sein. Natürlich war sie nicht da.

Sekundenlang war er sehr verwirrt. Offensichtlich hatte sich in seine Berechnungen ein Fehler eingeschlichen. Es mußte nicht unbedingt ein großer Fehler sein. Er hatte bereits die spektrobolometrische Kurve des Sternes erreicht und steckte jetzt die passenden Schablonen in den Sucher, stellte die Radiometer auf die Strahlungen der gesuchten Sonne ein. Keine Sonne mit einer solchen spektrobolometrischen Kurve konnte von seinen Geräten in einer größeren Entfernung als ein paar Milliarden Meilen aufgespürt werden. Natürlich war die Galaxis voller verlöschender Sterne, aber dazwischen befand sich genug leerer Raum, und da würde er wohl auch „seinen" Stern finden.

La Roque begann mit der Arbeit. Er mußte den Raum rings um sich untersuchen, alle zehn Millionen Meilen, das hieß, alle zwei Minuten anhalten, und innerhalb von zehn Sekunden konnten ihm dann seine Instrumente sagen, wo er sich jeweils befand.

Er begann sich einzureden, daß das Glück gegen ihn war – nicht nur gegen seine Flucht, sondern auch gegen sein Überleben. Es war ein Fehler gewesen, etwas zu unternehmen, von dessen Gefahren und Risiken er keine Ahnung hatte. Jetzt suchte er schon seit Stunden den

Raum ab, ohne genau zu wissen, wo er sich befand, wo sein ersehntes Versteck war.

Seine Geduld erlahmte, und immer unwiderstehlicher wurde der Drang in ihm, seine Instrumente zu zertrümmern. Nach zwei Stunden Schlaf fühlte er sich ein wenig besser. Doch nach weiteren zehn Stunden war er nicht mehr fähig, einzuschlafen.

Und dann hatte er unverdientes Glück. Einer der Radiometer reagierte nach all den Stunden blinder Suche. Seine beginnende Hysterie wich einer Welle der Erleichterung. Er änderte den Kurs, bis er im Vorderfenster mit bloßem Auge die Quelle der Strahlen, die sein Radiometer aufgespürt hatte, sehen konnte.

Es war unvorteilhaft, daß er sie mit bloßem Auge sehen konnte. Andernfalls hätte er noch ein paar glückliche Minuten erlebt. Aber jetzt stieß er erbitterte Flüche aus, die einem Matrosen alle Ehre gemacht hätten. Denn er sah nicht einen einzelnen Stern, wie in der Karte eingezeichnet, sondern zwei rote Doppelsonnen.

Das astrographische Beobachtungsschiff hatte offensichtlich nur beiläufig reagiert, als es fünfzig Milliarden Meilen an dem System vorbeigeflogen war und der Radiometer gezuckt hatte. Größe? Gewicht? Nebensterne? Planeten? Wen kümmerte das schon!

La Roque, natürlich.

Die Sterne waren kleine Rote Zwerge und standen dicht beieinander. Ihre Temperatur war so niedrig, daß sich in ihrer Atmosphäre Wolken aus festen Kohlenstoffteilchen gebildet hatten. Der größere Stern maß vielleicht hunderttausend Meilen im Durchmesser, der andere war nur ein wenig kleiner. Ihre Mittelpunkte waren etwa eine halbe Million Meilen voneinander entfernt, und ihre Kreisbahn dauerte acht Stunden. Auf beiden Sternen zeigten sich beachtliche Erhebungen.

Diese Fakten hätten vielleicht einen Astronomen interessiert, der sein Leben der Erforschung Roter Zwergsterne gewidmet hat. La Roque waren sie egal. Er fragte sich, wie er in eine stabile Umlaufbahn nahe genug bei diesem System geraten konnte, um, ohne seine Energiereserven anzugreifen, dem Erfrierungstod zu entgehen. Die Bahn, die er für die eine Sonne errechnet hatte, konnte er sich jetzt natürlich aus dem Kopf schlagen.

Der Gedanke, zu einem der anderen Systeme zurückzukehren, die auf der Karte als Einzelsystem eingezeichnet waren, bewegte ihn nur kurz. Die nervenaufreibende Suche hatte ihm die Energie genommen, sich noch einmal auf eine so weite Reise zu wagen.

Doch dann fiel ihm etwas ein. Er hatte einmal ein Erlebnis auf Hektor gehabt, einem der Trojanischen Asteroiden. Verschiedene Umstände hatten ihn gezwungen, dort für einige Zeit zu bleiben. Ein freundlicher Mitgefangener hatte ihm einmal gesagt, wo Hektor war und warum er auch dort blieb. Er befindet sich stabil in der dritten Ecke eines gleichseitigen Dreiecks, dessen andere Punkte die Sonne und Jupiter bilden. Und obwohl er Millionen Meilen im Umkreis seines Festpunkts schwankte, zwingt ihn die Schwerkraft doch immer wieder an seinen ursprünglichen Standort zurück.

La Roque blickte zu den Zwillingssonnen. Konnte sein Schiff mit ihnen den dritten Punkt eines gleichseitigen Dreiecks bilden? Und was noch wichtiger war, konnte es diesen Punkt auch halten?

Es mußte einfach. Seine Instrumente zeigten die Energiekurven an, die von den Sonnen ausgingen. Auf seiner Karte las er, wie diese Kurven in Oberflächentemperaturen umgesetzt wurden. Er konnte die Entfernung zwischen den Mittelpunkten der Sonnen messen, ebenso die Entfernung seines Schiffes von diesen Mittelpunkten. Eine halbe Million Meilen von der Oberfläche eines Sternes entfernt, dessen Radius fünfzigtausend Meilen betrug und der eine Temperatur von tausend Grad ausstrahlte, mußte die Temperatur etwa dreißig Grad sein. Die Gegenwart der beiden Sterne erhöhte die Wärme zwar, aber das Schiff war isoliert.

Es schien also, als sei der Trojanische Punkt der beste Platz für ihn. Er konnte ihn leicht finden. Wo die Linien, die von den Mittelpunkten der beiden Sterne in einem Winkel von sechzig Grad abgingen, zusammentrafen, an diesen Punkt mußte er sich begeben. Er veränderte seine Position, bis die beiden Sonnen auf gleicher Höhe vor ihm lagen. Da sie sich in Bewegung befanden, mußte er den Kurs immer wieder leicht ändern, als er auf sie zuflog. Bald erkannte er, daß er seine Geschwindigkeit verringern mußte, um sich der Geschwindigkeit anzupassen, mit der die Sonnen ihre Kreise zogen.

Er erreichte seinen Trojanischen Punkt und drosselte die Geschwindigkeit noch mehr. Er stellte die Alarmanlage ein, die ihn vor dem Nahen eines Suchschiffs warnen sollte, und dann spürte er plötzlich die Reaktion auf all die Aufregungen der vergangenen Tage. Er schlief beinahe sofort ein.

Es war unmöglich zu sagen, wie lange er geschlafen hatte. Er war geistig und seelisch erschöpft. Vielleicht hatte er stundenlang geschlafen. Es dauerte Minuten, bis das Läuten der Alarmglocke in sein Bewußtsein drang. Und als er endlich erwachte, mußte er noch einige Minuten warten, bis er die Muskeln bewegen konnte.

Er ging schwankend in die kleine Kabine zur Kontrolltafel und schaltete fluchend die Alarmanlage aus. Er hatte vergessen, daß die Alarmglocke Impulse aussandte, und wußte nicht sicher, ob die Wände seines Schiffes diese Impulse abschirmen würden. Die Suchgeräte reagierten wild, die Nadeln zuckten zwischen den Positiv- und

Negativgrenzen hin und her. Er wußte, daß ein Schiff zweiter Ordnung vorbeigeflogen war. Soviel konnte er an seinen Skalen ablesen. Aber er hätte ein Experte sein müssen, um den Typ des Schiffes, seine Geschwindigkeit und die Entfernung, in der es an ihm vorbeigeflogen war, zu bestimmen.

Nach ein paar Minuten beruhigten sich die Nadeln. La Roque blieb vor der Kontrolltafel stehen. Er war überzeugt, daß der Zwischenfall Folgen haben würde. Und er behielt recht. Die Störungen traten nach einer halben Stunde wieder auf und dauerten vier Stunden an. Manchmal zitterten die Nadeln wie verrückt, manchmal schlugen sie mit lautem Klicken an den Endpunkten der Skalen auf. La Roque war unfähig, aus diesem Wirrwarr etwas herauszulesen.

Ein Schiff zweiter Ordnung, das sich auf geradem Kurs befand, sandte nur wenige elektromagnetische Wellen von niedriger Frequenz aus. Die Wellenfront war kegelförmig, und an der Spitze des Kegels befand sich das Schiff. Durch die Beschleunigung dehnte sich der Kegel aus. Wenn ein Schiff nicht in gerader Linie flog, sondern alle paar Minuten oder Sekunden seinen Kurs änderte, wurde die Form der Wellenfront ziemlich kompliziert, die sich außerdem spiralenförmig bewegte. Die Spuren eines solchen Fluges zu verfolgen, mußte einen qualifizierten Mathematiker zur Verzweiflung treiben. Ein Amateur war von vornherein auf verlorenem Posten. Im Umkreis von Milliarden Meilen vibrierte der Raum rund um die beiden Sonnen von Wellenfronten, die einander kreuzten, und jede versetzte die Nadeln auf La Roques Suchgeräten in wildes Zittern, und jedes Zittern ließ neue Schweißbäche aus den Poren des Flüchtlings brechen. Er erkannte, daß sein eigenes Schiff ebensolche Wellenfronten hinterlassen haben mußte, die anderen Schiffen aufgefallen waren.

Er fragte sich, was seine Verfolger tun würden und ob das System irgendwelche Planeten enthielt, die den Verfolgern Schwierigkeiten bereiten konnten. Er hatte nichts dergleichen gesehen, und auf der Karte war auch nichts eingezeichnet. Aber solche Planeten konnten im trüben Licht der beiden Sonnen fast unsichtbar sein, und wenn es solche Planeten gab, dann konnten sie eine Hilfe für ihn bedeuten. Sie müßten Quadratmeile um Quadratmeile abgesucht werden.

Die Frage von primärer Wichtigkeit lautete: Wie lange würden die Verfolger bleiben? Sicher, wenn sie genug Geduld besaßen, würden sie warten, bis er keine Vorräte mehr hatte. Vielleicht nahmen sie an, daß er einen Unfall gehabt oder sich auf einer Station von Gesetzlosen niedergelassen hatte. Wenn er keine Strahlungen oder Wellen aussandte, gaben sie vielleicht die Suche auf. Das konnte er tun. Die Dunkelheit störte ihn nicht besonders und im Schiff war es warm genug – sogar zu warm. Offensichtlich hatte er die Heizung falsch eingestellt.

Dann reagierten die Suchgeräte nicht mehr, und La Roque wartete. Er schwitzte noch immer, jetzt nicht mehr vor Angst, sondern wegen der Hitze im Schiff. Es wurde immer unerträglicher. Er entfernte seine äußere Kleidung und fühlte sich dann etwas besser.

Die Zeit kroch dahin. Er hatte nichts weiter zu tun, als sein eigenes Unbehagen zu fühlen, das sich ständig steigerte. Er verfluchte die Konstrukteure des Schiffes, die seine Einrichtung so kompliziert gestaltet hatten, daß ein normaler Mensch nicht damit umgehen konnte, die Männer, die die Meßgeräte erfunden hatten, mit deren Hilfe er die Temperatur unter Berücksichtigung der Entfernung der beiden Sonnen eingestellt hatte. Seine eigenen Rechenkünste zu verfluchen, darauf kam er nicht.

Schon war er beinahe entschlossen, etwas weiter weg von den Sonnen zu fliegen, als ein Zittern der Zeiger der

Suchgeräte ihn rasch zur Änderung seines Entschlusses bewog. Er wartete und schwitzte. Und die Temperatur stieg.

Als er es schließlich aufgab, betrug die Temperatur hundertfünfzig Grad Fahrenheit. Noch dazu hatte die Klimaanlage zu arbeiten aufgehört, wie die anderen Geräte, die er abgeschaltet hatte, um möglichst wenig Strahlungen zu erzeugen. Die Luft im Schiff war verbraucht. Wenn man das alles in Betracht zog, dann hielt er es ohnehin verhältnismäßig gut aus. Aber langsam ließ seine Willenskraft nach. Auf schwachen Beinen ging er zum Schaltbrett und stellte die Sehfenster ein.

Die Energie zu fluchen, fehlte ihm. Sekundenlang konnter er nur in starrem Schreck auf die Sehfenster starren – und erkennen, wie falsch wieder einmal seine Annahmen gewesen waren. Mit der Heizung war alles in Ordnung. Aber eine der Sonnen – er wußte nicht, welche – füllte das vordere Sichtfenster fast vollständig aus, mit rußigem Purpurrot. Er mußte sich etwa dreißig– oder vierzigtausend Meilen von ihrer Oberfläche entfernt befinden. Seine Hand zuckte zu einem der Schalter, aber sofort zuckte sie wieder zurück. Mit diesem Schalter würde er das Schiff nur geradewegs in das Inferno, das ihm das Vorderfenster zeigte, hineintreiben. Er mußte das Schiff wenden.

Er stellte die Steuerung ein, und es war ihm gleichgültig, welche Wellen er damit aussandte. Die Kontrollknöpfe waren glühend heiß, als er sie berührte. Der Geruch verbrannten Öles drang ihm in die Nase, als die Gyroskope sich drehten. Das Schiff erzitterte. Angespannt beobachtete er, wie es wendete. Seine Hand lag bebend auf dem Schaltbrett. Aber das rote Glühen auf dem Vorderfenster wich nur kurz dem friedlichen Schwarz des Raumes. Das Schiff begann um seine Längsachse zu rotieren.

Verzweifelt drückte er auf die Knöpfe, die anderen Gyroskope setzten ein, aber das Schiff änderte die Position seiner Längsachse nur um etwa dreißig Grad und drehte sich weiter. Er wurde quer durch den Kontrollraum gewirbelt, prallte an die gegenüberliegende Wand. Er schrie auf, als er das heiße Metall spürte. Wieder schoß sein Körper quer durch den Raum, schlug abermals gegen eine Wand. La Roque versuchte, sich zum Schaltbrett zu kämpfen, seine Brandwunden zu ignorieren. Da versagte die Isolation des Schiffes. Die Wassertanks, die sich außen am Rumpf entlangzogen, enthielten nur noch heißen Dampf und konnten dem Druck nicht mehr widerstehen. Gerade als La Roque das Schaltbrett erreichte, hüllte ihn eine Welle siedendheißen Dampfes ein.

Im Suchschiff richtete sich der Mann auf, der an den Beobachtungsgeräten saß.

„Das war es wohl. Jetzt ist er erledigt. Ich frage mich nur, was er so nahe bei den beiden Sonnen gemacht hat."

„Vielleicht wollte er sich verstecken", meinte der Zweite Pilot. „Und vielleicht glaubte er, die Sonnen würden die meisten seiner Wellen und Strahlen schlucken. Aber ich verstehe nicht, wie er annehmen konnte, er könne dort für längere Zeit bleiben."

„Ich weiß, was ich an seiner Stelle getan hätte. Ich hätte das Schiff in die Trojanische Position gebracht und abgewartet. Dort hätte er unbegrenzt lange bleiben können. Ich wundere mich, daß er das nicht versucht hat."

„Vielleicht hat er es versucht", sagte ein Navigator, der bisher geschwiegen hatte. „Wenn ein so kluger Mann wie Sie das geschafft hätte, so kann man doch von so einem Burschen nicht das gleiche erwarten. Haben Sie schon jemals einen Planeten im Trojanischen Punkt irgendwelcher Doppelsonnen gesehen? Ich wette, nein. Die Trojanische Lösung funktioniert ausgezeichnet im Fall von der Sonne und Jupiter. Sie würde auch bei der Erde und beim Mond funktionieren, da die Erde achtzigmal mehr Masse hat als der Mond. Aber ich kenne kein Zweiersystem, in dem die Klasseverhältnisse ähnlich gelagert sind. Der Unterschied müßte mindestens fünfundzwanzig zu eins betragen. Wenn er geringer ist, läßt sich die Trojanische Lösung nicht durchführen. Fragen Sie mich nicht, warum. Den mathematischen Grund kann ich Ihnen nicht erklären. Aber ich weiß, daß es stimmt. Die Stabilitätsfunktion bricht mit überraschender Schärfe, wenn das Verhältnis fünfundzwanzig zu eins nur um weniges unterschritten wird. Unser entflohener Freund wußte das nicht, genauso wenig wie Sie, und parkte sein Schiff direkt in der Bahn der sich schnell bewegenden Sonne."

Er zuckte mit den Schultern und wandte sich ab.

„Leben und lernen, sagt man. Aber die Schwierigkeit liegt wohl darin, wie man überlebt, während man lernt."

FEUERFEST

Hart wartete eine volle Stunde, nachdem die letzten Geräusche verstummt waren, bevor er vorsichtig die Tür seines Unterschlupfs öffnete. Sogar dann fühlte er sich noch minutenlang unsicher. Erst als er das Vorratslager gründlich durchsucht hatte, kräuselte ein verächtliches Lächeln seine Lippen.

„Diese Narren!" murmelte er. „Sie untersuchen ihre Ladungen überhaupt nicht. Wie, glauben sie denn, können sie ihre Zonen kontrollieren, wenn so inkompetente Leute am Werk sind." Er blickte auf die Analysatoren am Unterarm seines Raumanzugs und revidierte seine Meinung ein wenig – die Luft im Lagerraum war pures Kohlendioxyd. Jeder, der Harts Wagnis unternommen hätte, aber ohne den Luftvorrat, über den er verfügte, hätte es nicht überlebt. Trotzdem, sie hätten nachsehen müssen, dachte der Agent.

Aber er hatte gar keine Zeit, die Handlungsweisen anderer zu analysieren, er hatte seinen eigenen Job zu tun, und allzu lange durfte er nicht dazu brauchen. Wie schlampig auch immer die Organisation dieser Abschußstation war, es gab keine Chancen, irgendwelche ihrer wichtigen Bereiche gefahrlos zu erreichen. Erfolg und Tod lagen nahe beieinander.

Er glitt zurück zu der Kiste, in die sein durch den Raumanzug an Umfang verdoppelter Körper kaum gepaßt hatte, setzte sorgfältig wieder den Deckel darauf und versiegelte ihn neu. Dann stellte er die Kiste weiter nach hinten, um der Möglichkeit zu entgehen, daß sie vielleicht als erste geöffnet wurde. Dazu mußte er mehrere andere Behälter nach vorn schieben. Sie waren zwar groß, aber nichts auf dieser im freien Fall befindlichen Station besaß ein Gewicht, und er beendete die Arbeit rasch für einen Mann, der an das Fehlen jeglicher Schwerkraft nicht gewohnt war. Mit seinen Vorbereitungen zufrieden, ging Hart zur Tür des Lagerraums, aber bevor er sie öffnete, blieb er stehen, um noch einmal im Geist seinen Plan durchzugehen.

Er mußte in der Nähe des äußeren Randes der Station sein. Der Geheimdienst war nicht in der Lage gewesen, Pläne von dieser Abschußstation zu erhalten – eine Tatsache, die ihn eigentlich zum Nachdenken anregen sollte. Aber es gab keine Zweifel daran, wie er vorgehen mußte. Der Lagerraum und die Wohnquartiere mußten gleich unter der Oberfläche der Sphäre sein. Dann würde eine Abteilung mit Maschinen und Kontrollsystemen sich anschließen. Und in der Mitte, innerhalb der Abschirmung, die den Großteil der Station ausmachte, befand sich der „heiße" Sektor – die Räume, die die Kernreaktoren enthielten, die ferngesteuerte Maschinerie, die die Torpedos scharfmachte, die Torpedos, die der Hauptgrund für die Existenz der Station waren.

Viele solcher Strukturen kreisten um die Erde. Jede Nation auf dem Globus unterhielt mindestens eine und für gewöhnlich sogar mehrere. Hart hatte eine solche Station besucht, die seinem Land gehörte, um sich mit der Technik und wenigstens einigermaßen mit der Schwerelosigkeit vertraut zu machen. Er hatte die Pläne der Station sorgfältig studiert und sich von Wissenschaftlern die Funktion aller Teile erklären lassen, ebenso, wie sich die Stationen der Westlichen Allianz von anderen unterschieden. Und was das Wichtigste war, sie hatten ihm darlegen müssen, auf welche Weise man diese Stationen zerstören konnte. Hart lächelte zynisch, als er daran dachte. Diese Leute, die das Vergnügen persönlicher Freiheit der Zweckmäßigkeit vorzogen, würden sehen, was Zweckmäßigkeit zu vollbringen imstande war.

Aber sein Zögern war nicht zweckmäßig. Er hatte seine Pläne bereits lange vorher gemacht. Und es war höchste Zeit, daß er an ihre Ausführung ging. Er mußte sich in der Nähe von Raketentreibstoff befinden, und ein Teil der Luft in der Station mußte genug Sauerstoff enthalten, um atembar zu sein. Ohne noch weiter zu zögern, öffnete er die Tür und glitt hinaus in den Korridor.

Er ging nicht blindlings. Winzige Detektoren, die am Armgelenk seines Raumanzugs eingebaut waren, würden ihn warnen, denn sie reagierten auf die infraroten Strahlen, den Wasserdampf, das Kohlendioxyd und sogar auf die Atemgeräusche, die von einem Menschen ausgingen – außer dieser Mensch trug einen nicht metallischen Anzug wie Hart. Offensichtlich besaß das Personal dieser Station aber nicht solche Anzüge, denn zweimal während der ersten zehn Minuten wurde der Saboteur durch ein Reagieren seiner winzigen Instrumente in ein Versteck getrieben. Während dieser zehn Minuten hatte er bereits ein gutes Stück der äußeren Zone zurückgelegt.

Er lernte rasch, daß ein Gebiet, in dem eine Kohlendioxyd-Atmosphäre aufrechterhalten wurde, in seiner Ausdehnung beschränkt war. Wahrscheinlich diente es als Quarantäne-Zone für neu eingetroffene Vorräte oder als Lagerraum. Es wurde auf der einen Seite von einem Korridor umgeben, von dem luftdichte Türen in die Kohlendioxyd-Räume führten, und auf der anderen Seite von normalen Türen, die in die anderen Lagerräume abgingen. Hart wunderte sich über diese riesigen Lagerräume. Dann wurde seine Aufmerksamkeit von etwas anderem in Anspruch genommen. Er wollte sich gerade den Korridor hinabgleiten lassen, auf der Suche nach Zweigkorridoren, die zum Treibstofflager führten als ihm ein winziger Fleck an der einen Wand ins Auge stach.

Sofort trat er näher, um ihn genauer zu betrachten, und erkannte ihn rasch als photoelektrisches Auge. Es schien keine Linse vorhanden zu sein, was auf eine Strahleneinrichtung schließen ließ. Aber der Strahl selbst war nicht sichtbar. Auch konnte Hart keinen Projektor entdecken. Das bedeutete, daß es lebenswichtig war, den Strahl zu vermeiden. Er blieb stehen, um nachzudenken.

Im Beobachtungsraum auf der zweiten Ebene kicherte Dr. Bruce Mayhew laut.

„Es ist großartig, einen Überheblichkeitskomplex zu haben. Er ist zum erstenmal stehengeblieben – und er schien keine Zweifel an seiner Sicherheit zu hegen, bevor er das Auge sah. Anscheinend wirken die alten Phrasen von dekadenten Demokratien noch immer. Er muß eher ein militärischer Agent sein als ein Wissenschaftler."

Warren Floyd nickte.

„Wissenschaftler oder nicht, für einen solchen Job

sucht man keinen Idioten aus. Glauben Sie, daß er Explosivstoff bei sich trägt? Ein Mann allein kann kaum genug Chemikalien bei sich haben, um eine Anzahl von Lecks in der äußeren Hülle zu verursachen."

„Vielleicht hofft er, ins Zentrum zu gelangen und einen Sprengkopf zu öffnen", erwiderte der ältere Mann, „obwohl ich mir nicht vorstellen kann, wie er das erwarten kann. In seiner Nähe ist eine Riesenmenge Treibstoff, natürlich. Aber der ist nur für Torpedos. Für uns also ungefährlich."

„Ein Feuer wäre sehr unangenehm, auch wenn keine Explosion zustande kommt", bemerkte der Assistent. „Besonders, weil alles aus fast purem Magnesium besteht. Ich weiß, es ist sündteuer, solche Massen von der Erde zu transportieren, aber ich wünschte, sie hätten diese Station aus irgendeinem Material gebaut, das weniger hitze- und sauerstoffempfindlich ist."

„Keine Angst", erwiderte Mayhew. „Er wird kein Feuer zustande bringen."

Floyd blickte auf die zuckenden Bildschirme, die bewaffnete Männer zeigten, wie sie in Parallelkorridoren mit dem Agenten Schritt hielten, und nickte.

„Ich nehme es auch nicht an – vorausgesetzt, Ben und seine Mannschaft sind nicht zu langsam, wenn wir das Signal geben."

„Sie meinen, wenn *ich* das Signal gebe", sagte der andere. „Ich habe meine Gründe, ihn solange wie möglich frei agieren zu lassen. Je länger er frei ist, eine desto schlechtere Meinung wird er von uns haben. Wenn wir ihn dann überraschend schnappen, wird er keine Gelegenheit zum Selbstmord haben, und der plötzliche Zusammenbruch seines Selbstvertrauens wird die Befragung erleichtern."

Floyd hoffte im stillen, daß nichts passieren möge, was der Zuversicht seines Vorgesetzten schaden könnte, aber klugerweise sagte er nichts. Und die beiden Männer beobachteten Harts weitere Bewegungen fast schweigend während der nächsten Minuten. Hie und da sprach Floyd ein oder zwei Worte mit der Suchtruppe, um sie über den jeweiligen Standort seines Opfers zu informieren. Aber kein anderer Laut unterbrach das angespannte Warten.

Endlich hatte Hart einen Korridor gefunden, der von dem abzweigte, den er bisher entlanggeglitten war, und bog vorsichtig in den neuen Gang ein. Inzwischen wußte er, in welchen Abständen die Photoaugen angebracht waren und wich ihnen beinahe schon automatisch aus. Er kam gar nicht auf den Gedanken, daß der Anblick eines Mannes im Raumanzugs, der durch die äußeren Korridore ging, einen Beobachter nicht überraschen mußte, um so mehr aber die Anwesenheit eines Mannes, der den Photostrahlen auswich, um keine Aufmerksamkeit zu erregen. Die Linsen der Suchgeräte waren so klein und so gut verborgen, daß Hart sie nicht entdecken konnte, und er glaubte tatsächlich, daß die Photoaugen die einzigen Fallen waren, in die er tappen könnte. Da es ihm immer leichterfiel, sie zu umgehen, wuchsen sein Selbstvertrauen und seine Verachtung für die Bewohner der Station, wie Mayhew es vorhergesagt hatte.

Mehrmals kam er an automatischen „Luftbremsen" vorbei, die die Aufgabe hatten, Sektionen mit einem Leck abzuriegeln. Mit einem Stahlkeil, der an seinem Raumanzug befestigt war, zerstörte er diese Bremsen. Die Aktionen überzeugten Mayhew, daß der Agent kein Wissenschaftler war. Er agierte nämlich mit einer Geschicklichkeit, die den erfahrenen Einbrecher oder Spion charakterisierte. In der Stunde, bevor er fand, was er suchte, durchbrach er mehr als zwanzig Luftbremsen.

Bald gelangte Hart in einen Teil des Korridors, der mit Ventilvorrichtungen statt mit Türen ausgestattet war, und er wußte, daß sich eine Flüssigkeit hinter den Wänden befinden mußte. Oberhalb der Ventile waren Zeichen eingeritzt, die dem Spion nichts sagten. Aber er hantierte vorsichtig am Griff eines Ventils, bis ein wenig Flüssigkeit in den Korridor rann. Vorsichtig testete er sie. Mit dem Ergebnis war er zufrieden. Die Flüssigkeit war Kohlenwasserstoff mit niederem Verflüchtigungsgrad, der zusammen mit flüssigem Sauerstoff dazu benutzt wurde, die Raum-Torpedos anzutreiben. Ein billiges Material, dessen niedriger Dampfdruck das Lagerproblem in Stationen im offenen Raum vereinfachte.

Alles, was Hart wirklich wußte, war, daß das Zeug so lange brennen würde, solange Sauerstoff vorhanden war. Nun – er grinste bei dem Gedanken – eine Zeitlang würde noch Sauerstoff da sein. Bis die Verbrennungsgase das von Hitze erweichte Metall der äußeren Wand in den Raum jagen würde. Und danach würde kein Sauerstoff mehr da sein, außer vielleicht im Zentrum, wo die Konzentration der Radioaktivität es gewiß machte, daß keiner da sein würde, der ihn atmete.

Jetzt war natürlich die zweite Ebene, wie alle anderen, versperrt. Aber dem konnte abgeholfen werden. In jedem Fall würde die Explosion des befreiten Brennstoffs die relativ dünnen Innenwände vernichten. Zu diesem Zeitpunkt wußte er noch nicht, daß diese Wände aus Magnesium bestanden. Sonst wäre er seiner Sache noch sicherer gewesen.

Er blickte den Korridor entlang. So weit die Biegung ihm zu sehen erlaubte, befanden sich die Ventile im Abstand von wenigen Metern in den Wänden. Jedes Ventil hatte eine kleine elektrische Pumpe, die Luft in den Tank dahinter beförderte, um die Flüssigkeit durch Druck herauszutreiben, da hier keine Schwerkraft existierte. Über diesen Punkt dachte Hart gar nicht nach. Ein kurzer Test zeigte ihm, daß die Flüssigkeit floß, wenn man die Ventile öffnete, und das genügte ihm. Er stand neben dem ersten Ventil, nahm einen Gegenstand aus seinem Raumanzug und untersuchte ihn sorgfältig. Schließlich befestigte er ihn außen am Gürtel, wo er ihn leicht erreichen konnte.

Als Floyd dieses Objekt sah, traf ihn beinahe der Schlag. „Eine Brandbombe!“ keuchte er. „Wir können ihn unmöglich erwischen und ihn rechtzeitig aufhalten! Und im Korridor fliegt schon Brennstoff herum!“

Er hatte recht. Mit langen, gleitenden Schritten ging der Agent von Ventil zu Ventil und blieb bei jedem stehen, um es zu öffnen und die ballonartige Masse von ausströmender Flüssigkeit mit den Armen in den Korridor zu schieben. Tropfen und Fetzen des entflammbaren Stoffes schwebten kreuz und quer umher.

Mayhew zündete sich ruhig eine Zigarette an und achtete nicht darauf, wie die Streichholzflamme vom Luftzug des Deckenventilators nach unten geweht wurde.

„Das ist wirklich kein Physiker“, murmelte er. „Das ist ein Militäragent. Sie hätten es auch sicher nicht riskiert, einen Forscher mit diesem Job zu betrauen. Ich fürchte, ich werde von ihm nicht erfahren, was ich wissen will.“

„Aber was sollen wir tun?“ fragte Floyd erregt. „In dem Korridor fliegt nun genug Treibstoff herum, um die ganze äußere Hülle zu sprengen, und mit jeder Sekunde wird es mehr! Ich weiß, Sie sind schon viel länger hier als ich, aber wenn Sie mir nicht erzählen, wie Sie ihn davon abhalten wollen, das Zeug anzuzünden, gehe ich jetzt sofort in eine Kabine.“

„Wenn das alles explodiert, wird es Ihnen auch nichts nützen, in einer Kabine zu sein.“

„Das weiß ich!“ schrie Floyd. „Aber was für eine Chance haben wir denn sonst noch? Warum haben Sie ihn so weit kommen lassen?“

„Es ist immer noch keine Gefahr“, stellte Mayhew gelassen fest, „mögen Sie es nun glauben oder nicht. Aber wie dem auch sei, der Brennstoff kostet Geld, und es wird eine ziemliche Arbeit sein, ihn wiederzugewinnen. Also sehe ich nicht ein, warum wir es ihm nicht gönnen sollen, alle Treibstofftanks zu leeren. Jetzt ist er wenigstens aufgeregt genug." Er wandte sich dem Mikrophon zu und gab das Signal zur Aktion. „Packt ihn jetzt. Er scheint keine Handwaffen zu haben, aber verlaßt euch nicht darauf. Zumindest hat er eine Brandbombe." Dann griff er zu einem anderen Schalter und verhinderte mit einem Druck darauf, daß die Außenventilatoren arbeiteten. Und dann entspannte er sich wieder und widmete seine Aufmerksamkeit erneut dem Bildschirm, auf dem er die Aktivitäten des Agenten verfolgen konnte. Floyd betrachtete einen anderen Bildschirm, der einen größeren Teil des Korridors zeigte. Die Beobachter sahen die Angreifer im Raumanzug im selben Augenblick, in dem Hart sie entdeckte.

Der Europäer reagierte sofort – und zu rasch, denn als er sich zu seinen Feinden umwandte, verfehlte er den Ventilgriff, nach dem er gerade gefaßt hatte, und flog hilflos durch den Raum, bevor er den nächsten erreichte. Nachdem er Halt gefunden hatte, handelte er wie geplant und ignorierte mit beachtlicher Selbstkontrolle die vier bewaffneten Gestalten, die ihn umzingelten. Mit einer scharfen Drehung öffnete er das Brennstoff-Ventil, das einen öligen Pilz in den Korridor sandte. Seine linke Hand zuckte zum Gürtel, packte den winzigen Zylinder, den er dort befestigt hatte, schlug sein Ende gegen die angrenzende Wand und warf dann die Bombe zu Boden. Aber seine geringe Erfahrung mit der Schwerelosigkeit rächte sich jetzt. Er hatte sich auf eine Schwerkraft verlassen, die es hier nicht gab. Statt zu Boden zu fallen, schlug die Bombe wenige Meter von seiner Hand entfernt an die Decke und prallte dumpf mit einem Funkenregen zurück. Sie glitt den Korridor hinab, auf fließende Kugeln von Kohlenwasserstoff zu, und plötzlich wich das Glühen der Funken einem grellen Strahl von Thermit, der in den Augen schmerzte.

Floyd stöhnte bei dem Anblick auf und erwartete, daß die Angreifer sich vergeblich auf das strahlende Ding stürzen würden. Aber obwohl sie alle in Reichweite der Wände waren, wich keiner von seinem Kurs ab. Hart versuchte weder zu fliehen noch zu kämpfen. Zufrieden beobachtete er die dahingleitende Bombe und erwartete in den nächsten Sekunden, von einem Flammenmeer umgeben zu sein, das die mächtigste westliche Torpedostation vernichten würde. Im Gegensatz zu Floyd betrachtete er die Geschehnisse gelassen, sogar als die Männer ihn packten und ihm seine Geräte aus den Taschen rissen. Einer klappte die Gesichtsplatte seines Helmes auf. Auch dagegen wehrte er sich nicht. Er blickte nur triumphierend der Bombe nach, die sich auf den nächsten Klumpen von Brennstoff zubewegte.

Floyd sah den Blitz, als die Bombe den Brennstoff entzündete, und schloß die Augen.

Mayhew ließ sich vier oder fünf Sekunden Zeit, bevor er sprach. Er glaubte jetzt, daß der junge Mann die Spannung nicht länger ertragen konnte.

„Nun?“ sagte er schließlich ruhig. „Warum gebrauchen Sie nicht Ihre Augen? Und den Versand dahinter?“

Floyd war viel zu verwirrt, um in der letzten Bemerkung eine Beleidigung zu sehen. Vorsichtig befolgte er Mayhews Rat und öffnete die Augen. Er konnte kaum glauben, was er auf dem Bildschirm sah.

Die Gruppe der fünf Männer hatte sich nicht verändert, nur der Gesichtsausdruck des Gefangenen hatte sich gewandelt. Alle blickten den Korridor hinab zu der Stelle, wo die Bombe noch immer brannte. Langs Mannschaft wirkte amüsiert, während Harts Augen in ungläubigem Stauben geweitet waren. Und als Floyd sah, was Hart sah, teilte er dessen Überraschung.

Die Bombe war inzwischen dicht an mehreren schwebenden Kugeln vorbeigestrichen. Jede hatte Feuer gefangen, wie Floyd gesehen hatte – aber nur für einen Augenblick. Jetzt war jede von einer Schicht umgeben, einer fast durchsichtigen grauen Substanz, die wie eine Mischung von Rauch und Petroleumdampf aussah. Die Schicht konnte nicht dicker als einen halben Zoll sein, da Floyd sich an die Originalgröße der Kugeln erinnerte. Keine der Kugeln brannte, jede hatte ihr Feuer erstickt, und langsam erkannte der junge Beobachter, wie und warum, als die Bombe gegen die letzte Brennstoffkugel schlug, die einen Fuß im Durchmesser maß.

Wie die anderen flammte sie auf und verlosch sofort wieder. Aber diesmal war die Schicht, die sich um die Kugel bildete, heller und schien sekundenlang zu wachsen. Dann erfolgte eine kleine funkensprühende Explosion, Fragmente von brennendem Thermit brachen aus der Kugeloberfläche und flogen in verschiedene Richtungen, bevor sie ausgingen. Und dann war alles ruhig – bis auf die Gesichter Floyds und Harts.

Der Saboteur schien völlig außer Fassung zu sein, und es sah nicht so aus, als würde sich sein Zustand in der nächsten Zeit ändern. Aber Floyd hatte sich inzwischen gefangen und machte sich bereits Vorwürfe wegen seiner grundlosen Ängste. Mayhew beobachtete das Gesicht seines Assistenten und kicherte.

„Jetzt haben Sie es wohl begriffen“, sagte er nach einer Weile.

„Ja, *jetzt*“, erwiderte Floyd. „Ich hätte schon früher darauf kommen sollen. Ich habe natürlich bemerkt, daß Sie genug Zigaretten angezündet haben und beobachtet, wie sich die Flammen benahmen. Aber unser Freund tappt offensichtlich noch im dunkeln." Er nickte dem Bildschirm zu.

Er hatte recht. Hart tappte völlig im dunkeln. Er gehörte zu einer Organisation, wo unliebsame Überraschungen weder unerwartet noch ungewöhnlich waren, aber er war noch nie in seinem Leben so verwirrt gewesen. Das Zeug sah wie Brennstoff aus. Es roch wie Brennstoff. Es hätte ganz einfach brennen müssen – aber es weigerte sich. Hart entspannte sich im Griff seiner Bewacher und suchte nach einem Angelpunkt, an dem er seine wirbelnden Gedanken aufhängen konnte. Ein Raumfahrer hätte die Situation begriffen, ohne lange nachzudenken. Ein Student von durchschnittlicher Intelligenz hätte wahrscheinlich nach einigen Überlegungen die Ursache der Ereignisse erkannt. Aber Harts Ausbildung war die eines Spions gewesen, in einem Land, in dem man es als Zeitverschwendung betrachtete, sich eine Allgemeinbildung anzueignen. Er besaß einfach nicht den Bildungshintergrund, um zu verstehen, was passiert war.

Das dachte zumindest Mayhew nach einer sorgfältigen Befragung des Gefangenen. Er erfuhr nicht viel von dessen Mission, obwohl es wenig Zweifel daran gab, was Hart hatte erreichen wollen. Die Anwesenheit eines fremden Agenten an Bord einer Torpedostation ließ eigentlich nur eine Interpretation zu. Und da die Zerstörung einer solchen Station endlose Verwicklungen nach sich ziehen konnte, nahm Mayhew sofort Funkverbindung mit anderen Stationen auf, um sie vor ähnlichen Eindringlingen zu warnen – mit allen Stationen, egal, welcher Nationalität. Wenn Harts Vorgesetzte erfuhren, daß seine Mission erfolglos verlaufen war, so wurden sie wenigstens daran gehindert, so zu agieren, als sei seine Absicht gelungen. Und man vermied Zwischenfälle von unabsehbaren Folgen. Mayhews Job war, Kriege zu verhindern, nicht, Kriege zu gewinnen. Hart hatte die Identität seiner Vorgesetzten nicht zugegeben, aber sein Akzent ließ kaum Zweifel an seiner Herkunft.

Natürlich blieb das Problem, was man mit Hart tun sollte. Auf der Station gab es kein eigentliches Gefängnis, und es war unwahrscheinlich, daß die Regierung des Westens dem Einsatz einer Spezialrakete zustimmen würde, um den Mann wegzubringen. Eine persönliche Bewachung war lästig, aber es war nicht ratsam, einen Mann, der das Training Harts besaß, auch nur eine Sekunde aus den Augen zu lassen.

Schließlich schlug einer der Wachen vor, Hart in einem kleinen Lagerraum an der Außenseite der Station unterzubringen. Die Tür des Lagerraums besaß kein Türschloß, aber man konnte sie auf- und zuschweißen. Auch gab es keinen Ventilator, aber ein Algentank sorgte für Frischluftzufuhr. Nach einiger Überlegung entschied Mayhew, daß dies die beste Lösung sei.

Hart wurde sorgfältig durchsucht, auch seine Kleidung wurde ihm sicherheitshalber abgenommen. Er bat lächelnd um seine Zigaretten und um sein Feuerzeug, aber Mayhew versorgte den Mann mit seinen eigenen Zigaretten und seinem Feuerzeug und behielt das Eigentum des Spions zurück, um es untersuchen zu lassen. Danach sagte Hart nichts mehr und wurde ohne weitere Zeremonien eingekerkert. Mayhew kicherte wieder einmal, als die Wachen mit dem Spion verschwanden.

„Hoffentlich hat er mit dem Feuerzeug mehr Spaß als ich“, sagte er. „Mein Junge hat es mir als Geschenk geschickt, und bei dem Zug des Ventilators hat es nie funktioniert. Vielleicht merkt unser Freund etwas, wenn er lange genug damit herumspielt. Es ist ein wenig Brennstoff darin.“

„Ich war ein wenig überrascht, als Sie es ihm gaben“,

sagte Floyd lachend. „Ich glaube, jetzt weiß ich, warum Sie immer Streichhölzer benutzen. Wahrscheinlich erspare ich mir sehr viel Mühe, weil ich nicht rauche. Aber ich denke, Sie müßten Kaliumnitrat in Ihre Zigaretten stopfen, damit sie auch brennen, wenn Sie nicht daran ziehen." Hart konnte dies natürlich nicht mehr hören, und so konnte er auch keinen Gewinn aus dieser Bemerkung ziehen.

Er hätte ihr auch nicht viel Beachtung geschenkt. Natürlich wußte er, daß die Wissenschaften der Physik und Chemie wichtig waren. Aber er dachte an sie nur in Verbindung mit großen Fabriken und Laboratorien. Der Gedanke, daß die Kenntnis dieser Wissenschaften von unmittelbarem Nutzen für einen Mann sein konnte, der weder Chemiker noch Physiker war, wäre ihm geradezu phantastisch erschienen. Wenn auch seine derzeitigen Fluchtpläne auf der Chemie basierten, so war ihm das nicht bewußt.

Die Zelle befriedigte ihn sehr. Es gab keine Gucklöcher, die auch als Schußlöcher dienen konnten, die Tür konnte nicht rasch geöffnet werden – und es gab auch keinen Ventilator. Wenn Hart einmal in der Zelle war, so würde man ihm nicht mehr viel Beachtung schenken. Da der Raum ein Lagerdepot war, würde man sein Inneres auch nicht mittels Bildschirm beobachten, obwohl Hart sich sagte, daß er durchaus damit rechnen mußte, beobachtet zu werden. Aber er beschloß, diese Möglichkeit außer acht zu lassen, und ging an die Arbeit, als er hörte, wie seine Tür zugeschweißt wurde.

Sein erster Gedanke führte nicht weit. Er verbrachte eine halbe Stunde damit, Mayhews Feuerzeug zum Funktionieren zu bringen, ohne Erfolg. Jedesmal, wenn er daraufdrückte, sprühte ein Funkenregen auf, und nach jedem vierten oder fünften Versuch hörte er ein schwaches Klicken, und ein blauer Blitz zuckte empor. Aber er brachte keine Flamme zustande. Schließlich stülpte er den Deckel auf das Feuerzeug, und zum erstenmal unternahm er den Versuch, wirklich nachzudenken. Diese Situation begann die Grenzen seines Trainings zu überschreiten.

Die Tatsache, daß der Brennstoff durch seine Bombe nicht entzündet worden war, beschäftigte ihn vordringlich. Offensichtlich hatten die Bewohner des Westens den Brennstoff mit irgendeiner feuerabweisenden Chemikalie ausgestattet, wahrscheinlich als eine Vorsichtsmaßnahme eher gegen Unfälle als gegen Sabotage. Solch einen chemischen Stoff konnte man sicher leicht entfernen, aber er hatte keine Gelegenheit gehabt, herauszufinden, wie.

Aber warum brannte der Brennstoff in dem Feuerzeug nicht? Je länger er darüber nachdachte, desto mehr kam er zu der Überzeugung, daß Mayhew ihm das Feuerzeug absichtlich überlassen hatte, als eine Geste der Verachtung. Eine solche Handlungsweise war nur zu verständlich. Und dieser Gedanke entzündete erneut den Haß, der ein so wesentlicher Teil seiner Persönlichkeit war. Er würde es diesem klugen Westler zeigen! Irgendeinen Weg mußte es geben!

Mit Hilfe seiner Fingernägel nahm er das Feuerzeug in wenigen Minuten auseinander. Die Einzelteile waren ziemlich klein und wiesen keine besonderen Merkmale auf. Aber Hart examinierte jedes Teil sehr sorgfältig.

Der Brennstoff schien unbrauchbar zu sein. Außerdem verdampfte er jetzt ohnehin. Die Hülle bestand offenbar aus Magnalium und konnte als Hitzequelle dienen, wenn man sie nur anzünden könnte. Aber da das Ding als Zigarettenanzünder verwendet wurde, schien es ihm sinnlos, diesen Gedanken weiter zu verfolgen. Der Docht würde vielleicht brennen, wenn man ihn sorgfältig trocknete. Der Feuerstein und der Radmechanismus waren vielversprechend – zumindest ein Teil würde hart genug sein, Metall zu zerschneiden, und auch die Sprungfeder konnte nützlich sein.

Sonst gab es nicht viel in dem Lagerraum. Das Licht kam aus einer Gasröhre. Der Algentank hatte einen kleinen Motor und eine Pumpe, die die Luft durch die Flüssigkeit trieb. Als Hart sich im Lagerraum umblickte, entschied er jedoch, daß es unklug wäre, seine einzige Luftquelle zu demontieren.

Nach weiteren Überlegungen nahm er das kleine Rad des Feuerzeugs und begann, einen Kreis um das Türschloß zu ritzen.

Er hegte natürlich keine Hoffnung auf Flucht, und er dachte gar nicht daran, seinen Raumanzug wiederzubekommen. Er wollte nur aus der Zelle herauskommen und seine Mission vollenden. Und wenn er damit Erfolg hatte, so nützten ihm irgendwelche Waffen ohnehin nichts mehr.

Natürlich konnte sein Kerker beobachtet werden. Aber Mayhew war es schon längst müde geworden, dem Spion bei seinen Versuchen, das Feuerzeug zu entzünden, zuzusehen, und er hatte seine Aufmerksamkeit auf andere Dinge gelenkt. So kam es, daß Harts Aktivitäten eine Zeitlang unbeobachtet blieben. Die Metalltür war dünn und nicht sehr hart. Und es gelang ihm ohne nennenswerte Schwierigkeiten – außer ein paar wunden Fingern –, ein Loch zu schneiden, das groß genug war, um ihm ein anderes Hindernis zu zeigen. Statt den Türrahmen zuzuschweißen, hatten seine Feinde einen Stahlbarren quer über die Türöffnung gelegt und seine Enden zu beiden Seiten des Rahmens festgeschweißt. Hart hörte auf, an dem Loch zu kratzen, sobald er die Breite des Barrens sah, und dachte über die neue Situation nach.

Er konnte natürlich ein Loch in die Tür schneiden, das

groß genug war, um seinen Körper durchzulassen. Aber seine Finger schmerzten und waren bereits steif vom Gebrauch des winzigen Rades, und es war unvernünftig anzunehmen, man würde ihn lange genug allein lassen, damit er diesen Plan ausführen konnte. Wahrscheinlich brachte man ihm irgendwann einmal etwas zu essen.

Und es gab noch einen Grund, der zur Eile riet, obwohl er ihn vergaß, als er den Giftstoff in der Luft roch. Die Flüssigkeit, die aus dem Feuerzeug strömte, seit er es auseinandergenommen hatte, breitete sich ziemlich rasch aus, viel rascher als der Brennstoff der Raketen. Der Algentank entfernte nur Kohlendioxyd, und die Luft in der kleinen Zelle sättigte sich immer mehr mit Kohlenwasserstoff. Es war äußerst ungesund, diese Luft längere Zeit einzuatmen, wie Hart sehr wohl wußte. Und die Flucht aus der Zelle war der einzige Weg, das Einatmen der giftigen Luft zu vermeiden.

Wie konnte man eine Metalltür entfernen? Rasch? Mit brutaler Kraft? Davon besaß er nicht genug. Mit Chemikalien? Er hatte keine. Mit Hitze? Der Gedanke war entmutigend, wenn er an seine jüngsten Erfahrungen mit Hitzequellen dachte. Trotzdem – wenn flüssige Brennstoffe nicht brannten, vielleicht brannten andere. Da war der Docht des Feuerzeugs. Eine schwebende Wolke von Metallpartikeln rund um das Loch, das er in die Magnesiumtür geritzt hatte. Und der Radmechanismus des Feuerzeugs.

Er holte den Docht aus der Luft, wo er dahinglitt, und begann ihn auseinanderzudrehen. Ohne Brennstoff bestand kaum die Chance, daß er sich an den Funken des Zünders entzündete.

Dann wischte er soviel Metallstaub wie nur möglich zusammen und preßte ihn an den Docht. Er inspizierte die Ränder des Loches, das er in die Tür gebohrt hatte, und rauhte sie an einer Seite mit dem Rad noch mehr auf, so daß er noch mehr Metallstaub gewann. Er drückte ihn an seine Zündschnur, steckte diese zwischen die Tür und den Stahlbarren direkt außerhalb des Loches, so daß das Zündende in die Zelle ragte. Sorgfältig inspizierte er sein Werk, nickte zufrieden und fügte den Zündmechanismus wieder zusammen.

Natürlich erwartete er nicht, daß der Stahlbarren schmolz oder sich auch nur erweichte, aber er hoffte, daß das dünne Metall der Tür sich entzündete.

Der funkensprühende Mechanismus war beinahe wieder zusammengesetzt, als Harts Aufmerksamkeit abrupt von seiner Arbeit abgelenkt wurde. Seit er das Loch gebohrt hatte, war in der Zelle ein schwacher Luftzug entstanden, den die Ventilatoren auf der anderen Seite des Korridors hervorriefen. Ein Luftzug, von der Natur eines Wirbels, der lose Gegenstände nahe an das Loch herantrug. Einer dieser Gegenstände war eine Kugel, zusammengesetzt aus der verbliebenen Flüssigkeit des Feuerzeugs, die bisher noch nicht verdampft war. Als Hart die schimmernde Kugel bemerkte, war sie kaum mehr einen Fuß von seiner Zündschnur entfernt und trieb langsam näher.

Für ihn bedeutete diese flüssige Kugel das Fehlschlagen seines Planes. Sie selbst würde nicht brennen, und sie würde auch verhindern, daß etwas anderes brannte. Wenn sie seine Zündschnur berührte und tränkte, würde er warten müssen, bis sie verdampfte. Und dazu hatte er keine Zeit. Fluchend ließ er den Zündmechanismus los und versuchte, die Kugel auf die andere Seite zu schieben. Das gelang ihm nur teilweise. Die Kugel spaltete sich in seiner Hand, teilte sich in viele kleine Tropfen, von denen sich einige gehorsam entfernten, einige verdampften und einige weiterhin auf die Zündschnur zuglitten. Keiner der Tropfen entfernte sich allzu weit. Bald hatte der sanfte Luftzug sie wieder unter Kontrolle, und sie trieben auf das Loch zu – und auf Harts Zündschnur.

Einen Augenblick beobachtete der Saboteur sie in schmerzhafter Unentschlossenheit, doch dann riß er sich zusammen. Mit einem weiteren Fluch packte er den Zündmechanismus, vergewisserte sich, daß er funktionierte, und wandte sich dem Loch in der Tür zu. Es geschah in diesem Augenblick, daß Mayhew sich entschloß, wieder einen Blick auf seinen Gefangenen zu werfen.

Der Bildschirm war so eingestellt, daß Harts Körper das Loch in der Tür verdeckte. Und da der Spion ihm den Rücken zuwandte, konnte der Beobachter nicht feststellen, was Hart tat. Aber Harts Haltung war so entschlossen, und ein so unübersehbarer Zug von Verbissenheit umgab ihn, daß Mayhew zum Mikrophon griff und befahl, man möge in der Zelle des Gefangenen nachsehen, gerade im selben Augenblick, als Hart das Rad der Zündung drehte.

Mayhew konnte nicht sehen, was der Mann getan hatte, aber die Folgen seiner Tat waren offensichtlich genug. Der Körper des Saboteurs wurde von der Tür zurückgeworfen, auf die Linse des Beobachtungsgeräts zu, wie eine Fetzenpuppe, der jemand einen Tritt versetzt hatte. Eine orangefarbene Flammenblüte umfloß ihn sekundenlang, und im selben Augenblick wurde der Bildschirm schwarz, als eine schwere Erschütterungswelle die Linse des Beobachtungsgeräts zerschmetterte.

Mayhew, der an Bewegungen im schwerelosen Raum gewöhnt war, war noch nie in seinem Leben so rasch gelaufen. Floyd und andere Mannschaftsmitglieder versuchten, ihm zu folgen, aber sie konnten nicht mit ihm Schritt halten. Als sie Harts Zelle erreichten, sahen sie Mayhew reglos dastehen und auf die Tür starren.

Es war nicht nötig, den Stahlbarren zu entfernen. Das dünne Metall der Tür war zersplittert, eine Öffnung, die groß genug war, um einen Menschen hindurchzulassen, gähnte darin. Aber es war gewiß, daß Hart von dieser Fluchtmöglichkeit keinen Gebrauch gemacht hatte. Sein Körper klebte an der gegenüberliegenden Zellenwand. Und der jetzt relativ starke Luftzug, den die äußeren Ventilatoren verursachten, bewegte ihn nicht. Floyd ahnte, was den Körper dort festhielt. Aber er wollte lieber nicht genauer hinsehen.

Mayhews Stimme durchbrach das lange Schweigen.

„Er hat es nicht herausgekriegt."

„Aber wieso ist dann das Feuer ausgebrochen?"

„Nun – das einzige brennbare Material in dieser Zelle war die Flüssigkeit aus dem Feuerzeug. Um sich so zu entzünden, muß sie fast ganz verdampft sein und sich mit genau der richtigen Luftmenge vermischt haben, was in einem solchen Raum auch sehr gut möglich war. Ich eigentlich verstehe nur nicht, warum er alles hinausgelassen hat."

„Er hat Teile des Feuerzeugs verwendet", stellte Floyd fest. „Der lose Brennstoff war möglicherweise nur ein Nebenprodukt seiner Aktivitäten. Er war sogar noch dümmer als ich. Ich brauchte lange genug, um zu erkennen, daß Feuer Luft zum Brennen braucht – und keine Konvektionsströmung entwickelt, die es mit Sauerstoff versorgt, wenn es keine Schwerkraft gibt."

„Genauer gesagt, wenn es kein Gewicht gibt", wandte Mayhew ein. „Wir sind immer noch im Schwerkraftfeld der Erde, aber im freien Fall. Konvektionsströme entstehen, weil das erhitzte Gas leichter pro Volumeneinheit ist als das andere und deshalb steigt. Ohne Gewicht und ohne oben oder unten sind solche Luftströme unmöglich."

„Jedenfalls muß er geglaubt haben, wir wollten ihn mit unbrennbaren Flüssigkeiten zum Narren halten."

„Die Menschen werden in einem beständigen Schwerkraftfeld geboren und wachsen darin auf“, sagte Mayhew langsam. „Und sie betrachten all die Manifestationen dieses Schwerkraftsfelds als selbstverständlich. Es ist sehr schwer, alle Konsequenzen vorherzusehen, die sich ergeben, wenn man auf die Schwerkraft verzichtet. Und ich bin hier schon seit Jahren, beinahe ohne Unterbrechung, und immer noch glaube ich, daß hier eine Schwerkraft existiert, wenn ich übermüdet bin oder gerade aufwache.“

„Sie hätten einen Raumfahrer schicken sollen. Der hätte den Auftrag vielleicht besser erledigt, als dieser Bursche.“

„Wie hätte er denn die Station betreten sollen? Ein Mann ist entweder ein Raumfahrer oder ein Spion – wenn er beides gewesen wäre, dann wäre er meiner Meinung nach zu alt für diesen Job gewesen. Beide Berufe verlangen jahrelanges, hartes Training, denn man muß sich nicht nur Wissen aneignen, sondern auch Gewohnheiten – zum Beispiel die Gewohnheit, ständig in der Nähe einer festen Wand oder eines anderen massiven Gegenstands zu bleiben.“

Mayhew kicherte, als er den letzten Satz sprach, und eine Lachsalve aus den Mündern der anderen Männer folgte. Floyd blickte sich verwirrt um und errötete.

Er hing hilflos mitten in der Luft, weit entfernt von jedem Gegenstand, an dem er hätte Halt finden können – oder hinter dem er sich hätte verstecken können. Doch dann brachte er es zuwege, in das Gelächter einzustimmen. Als es verstummt war, blickte er noch einmal in Harts Zelle und sagte: „Wenn das die schlimmste Gefahr ist, die mir meine Unerfahrenheit einbringt, dann darf ich mich nicht beklagen. Bruce, wenn Sie das nächstemal die Erde besuchen, möchte ich mitkommen. Ich muß Sie ganz einfach im Schwerkraftfeld sehen. Ich wette nämlich, Sie werden nicht auf eine Leiter warten, wenn wir aus der Rakete steigen. Wie Sie andeuteten, Gewohnheiten sind schwer abzulegen."

DER ERNTEPLANET

„Du enttäuschst mich", sagte der Aufseher erregt. „Ich habe sowohl eine persönliche als auch eine berufsmäßige Abneigung gegen verschwenderisch betriebene Farmen, und diese hier ist auf dem besten Weg, ein Paradebeispiel einer solchen Farm zu werden." Er legte eine kurze Pause ein und beobachtete die sphäroidischen Beete, die langsam um den Zentralstrahler kreisten. „Natürlich ist deine Handlungsweise an dieser Situation schuld." Mit einer Handbewegung brachte er den gemurmelten Protest seines jugendlichen Zuhörers zum Verstummen. „Oh, ich weiß, daß junge Leute lernen müssen und daß Experimente die beste Wissensquelle darstellen. Aber warum verwendest du nicht die Resultate der Experimente anderer? So etwas ist schon einmal passiert, du hättest nur nachforschen müssen."

„Das wußte ich nicht", lautete die mürrische, nur von widerwilligem Respekt getragene Antwort. „Wie hätte ich es auch wissen sollen?"

„Hast du eine Erziehung genossen oder nicht?" fragte der Aufseher hitzig. „Ich kann mir gar nicht vorstellen, was die Grundschullehrer heutzutage eigentlich machen. Obwohl du noch sehr jung bist, so hörte ich doch, daß du gewisse Qualifikationen in der Landwirtschaft besitzt. Deshalb dachte ich, man könnte dir ein paar Jahre lang ohne Aufsicht vertrauen. Warst du vielleicht mit dem Ertrag dieser Farm nicht zufrieden? Sag mir einmal genau, was du getan hast. Hast du versucht, die Leistung des Zentralstrahlers zu vergrößern?“

„Was glauben Sie eigentlich von mir?“ fragte der Student aufbrausend.

Der Aufseher blieb ruhig, und in seinem Gesicht zeigten sich Spuren von Heiterkeit.

„Reg dich wieder ab. Du weißt, daß die Leute immer wieder den erwähnten Trick versuchen. Manchmal funktioniert er sogar, und deshalb glauben sie immer wieder, er ist einen Versuch wert. Aber wenn es das nicht war, was hast du dann getan? Dir fehlt eine Kultivierungsanlage, wenn ich mich an dieses Sonnensystem richtig erinnere.“

Der Student brauchte ein paar Sekunden, um die passenden Worte zu finden.

„Manche dieser Ländereien schienen geradezu ideal zu sein. Als sie sich zuerst festigten, waren sie gerade weit genug vom Strahler entfernt und gerade groß genug, um einen dünnen Oberflächenfilm aus leichteren Elementen zu bilden, und das entsprach wunderbar der Kultivierung der Gewächse auf Wasserbasis. In den kälteren Teilen erzielte ich schöne Erfolge mit Ammoniakkulturen.“

„Gut möglich, bei dieser Art von Beeten. Trotzdem bemerkte ich, daß ein paar davon leer sind. Ist das ein weiteres Resultat deines Experiments?“

„Indirekt, ja“, sagte der junge Farmer ein wenig besorgt. „Da war ein anderer Fleck, ein gutes Stück weiter draußen und kälter als mein Idealplatz. Aber er war zu warm für Ammoniakwachstum und zu klein, um ihn mit dem Druck zu versehen, den er gebraucht hätte – zumindest, soweit ich das beurteilen kann“, fügte er hastig hinzu. „Und da der Fleck an Ort und Stelle nicht von Nutzen sein konnte, dachte ich, es wäre eine gute Idee, ihn näher heran zu befördern.“

Der Klassenaufseher hatte ein wenig von seiner Heiterkeit verloren.

„Und wie hättest du das schaffen wollen? Die Energie, die dazu vonnöten gewesen wäre, hätte das X-fache deiner Körperenergie betragen. Ich glaube kaum, daß dir das gelungen ist."

„Nein. Ich dachte auch nicht, daß das nötig sei. Ich glaubte, daß die Anlage selbst die Energie ohne ernsthaften Verlust aufbringen könnte."

„Ich verstehe", lautete der Kommentar. „Weiter!"

„Nun – ich ging also hinein und stellte eine konvertierte Reaktion ein. Ich löste sie, so gut ich konnte, an der Vorderseite der Anlage aus, obwohl das ein bißchen schwierig war – das Ding drehte sich wie wild. Vielleicht war das der Grund, warum zuviel Energie frei wurde. Oder vielleicht war die Kugel auch nicht so schwer, wie ich angenommen hatte."

„Du meinst, du wußtest nicht, wie schwer sie war? Ist etwas mit deinem Verstand nicht in Ordnung? Wie alt bist du eigentlich?"

„Fünfzehn." Der mürrische Ton, der verschwunden war, als der Junge sich bei seiner Erzählung erwärmt hatte, kehrte wieder. Der Klassenaufseher bemerkte es und erkannte, daß er vielleicht zu wenig taktvoll gewesen war. Aber unter diesen Umständen fühlte er sich berechtigt, ein wenig seine Emotionen zu zeigen.

„Fünfzehn Jahre auf welcher Skala?"

„Auf der galaktischen."

„Hm. Weiter."

„Der Großteil der Kugel verflüchtigte sich, und was sich nicht verflüchtigte, wurde völlig aus dem Schwerkraftbereich dieses Systems geschleudert. Der Rest – nun, der kreist immer noch um das Heizzentrum, in verschiedenen Bahnen, aber man kann nicht mehr viel damit anfangen."

Eine Pause trat ein, während die beinahe nutzlose äußerste Anlage den Raum zwischen den beiden Gesprächspartnern durchlief, weit weg von der glühenden Gaskugel, die sie mit unwiderstehlichen Schwerkraftfingern festhielt. Der Aufseher kochte nicht direkt vor Zorn. Das war schwierig für einen Körper, der größtenteils aus Methan und Sauerstoff nahe dem absoluten Nullpunkt bestand – aber sein Temperament siedete. Nach einer Weile sprach er wieder.

„Fangen wir also noch einmal von vorn an. Du hast einen Sklaven geschickt, mit der Nachricht, daß du die Gewalt über deine Farm verloren hast, und mit der Bitte um Rat. Hast du etwa so viel Zeit damit verbracht, eine deiner Anlagen zu zerstören, daß die anderen Gewächse sich entwickeln konnten, die dir nicht schmecken? Ich habe das Gefühl, meine Sympathie für dich wird immer geringer."

„Nein – es ist nicht so, daß ich das Zeug nicht mag. Aber ich kann es nicht essen." Der Junge war nun ebenfalls wütend. Der Aufseher schluckte und konnte es nicht mehr vermeiden, daß sein letzter Rest von Beherrschung schwand.

„Du kannst es nicht essen? Das ist natürlich sehr schlimm. Du erlaubst sicher, daß ich mir ein Probemuster dieser abstoßenden Chemikalie mitnehme – oder vielleicht bist du so freundlich und zeigst mir, womit du dich die ganze Zeit ernährt hast. In dieser Gegend fliegt kaum genug herum, um dich satt zu kriegen – und deine ganze Sklavenherde. Womit hast du die denn gefüttert? Vielleicht solltest du einem anderen diese Farm übergeben und dich auf einen Forschungsjob auf einer Treibwolke versetzen lassen. Dann kannst du dir dein Essen aus einem Schleier frei schwebender Atome zusammensuchen. Ach, diese Jugend"

„Ich habe von den Ammoniakanlagen gegessen. Und die Sklaven auch."

„Sehr gut. Dann sehe ich mir jetzt einmal deine Wasserkultur an. Dort scheinst du ja Schwierigkeiten zu haben. Du mußt nicht mitkommen, ich kenne den Weg. Der dritte Platz, vom Strahler aus gerechnet." Er wandte sich abrupt ab und wartete gar nicht auf eine Antwort.

Und der Student setzte auch gar nicht zu einer Entschuldigung an. Er ließ ihn ohne ein Wort der Warnung gehen.

Natürlich machte es keinen Unterschied, ob er gesprochen hatte oder nicht. Der Aufseher war verärgert und hätte vielleicht gar nicht auf ihn gehört. Seine Aufmerksamkeit teilte sich zwischen seiner eigenen Wut und dem Zustand der verschiedenen Plätze, während er sich dem Zentralstrahler näherte. Nur langsam ebbte sein Ärger ab.

Er mußte zugeben, daß es in den Außenanlagen zu kalt für chemische Aktionen war, außer für Lebensprozesse, die aber zu langsam abliefen, um nützlich zu sein. Die Tatsache, daß der Junge alles nur Erdenkliche angestellt hatte, um Wachstum zu erreichen, sprach für ihn. Eine Gewächsanlage schwang vorbei, ganz langsam.

Die nächsten beiden, die er entdeckte, entbehrten jeden brauchbaren Wachstums. Er erinnerte sich, daß der Student zugegeben hatte, dies könne ein indirektes Resultat seines Experiments sein. Der Aufseher konnte aber nicht den Zusammenhang erkennen. Die Anlagen selbst sahen auch bei einer näheren Inspektion unbeschädigt aus, und der Student selbst konnte sie unmöglich leergegessen haben, auch nicht bei einem Riesenhunger. Natürlich, die Sklaven könnten – aber vorläufig wollte er den Jungen noch nicht beschuldigen, daß er seine Sklaven zu wenig unter Kontrolle hatte. Es war ihnen nicht einmal erlaubt, sich einer Kulturanlage zu nähern, und sie erhielten ihre Essensration von ihrem Master.

Die Anlagen waren ziemlich groß, obwohl sie nicht die größten des Systems waren. Die festen Massen lagen unter Schleiern von Wasserstoffverbindungen. Vergebens suchten die Sinne des Aufsehers nach den komplizierten Verbindungen, die die bevorzugte Nahrungsart seiner Gattung darstellten. Verschiedene kleinere Anlagen umgaben die größeren, aber auf keiner entdeckte er die leichten gasförmigen oder flüssigen Elemente, die für die Eßkulturen erforderlich waren.

Die nächste Anlage sah sehr interessant aus, wenn er schon sonst nichts Bemerkenswertes daran entdecken konnte. Im Gegensatz zu den anderen besaß sie einen Halo von kleinen Partikeln, die über der Atmosphäre schwebten. Sowohl auf der Oberfläche als auch in der Atmosphäre gediehen die Kulturen. Der Aufseher blieb stehen. Wieder einmal mußte er zugeben, daß der Junge seine Sache gar nicht so schlecht gemacht hatte.

Sein Ärger kühlte sich ab, während er seine Inspektion der Anlage fortsetzte, hie und da Probemuster mitnahm und gelegentlich von den Kulturen kostete. Als er die Grenzen der Atmosphäre erreichte, hatte er bereits zu seinem normalen Temperament zurückgefunden.

Er schwebte in der umgekehrten Umlaufbahn rund um die Anlage zurück, und da wurde seine Aufmerksamkeit von einem kleinen Objekt gefangengenommen, das außerhalb seiner Flugbahn lag.

Physikalisch gesehen war nichts Bemerkenswertes daran. Das Objekt schien leichter zu sein als sein eigener Körper. Eine nähere Inspektion ergab, daß es sich ebenfalls in einer Umlaufbahn um den Zentralstrahler befand, wie alle Anlagen der Farm. Manchmal waren seine Umrisse klar, manchmal verwischten sie sich. Es strahlte ein Licht in anscheinend bedeutungslosen Mustern aus. Obwohl der Aufseher nichts Bemerkenswertes an dem Objekt erkennen konnte, nahm es seine Aufmerksamkeit gefangen, was ihn verwirrte. Obwohl es abseits von seinem gewählten Kurs lag, beschloß er, es genauer in Augenschein zu nehmen, und schwang darauf zu. Der Student hatte keine Freunde oder Mitarbeiter erwähnt...

Allmählich wurden die Einzelheiten deutlicher erkennbar, und die Laune des Aufsehers verschlechterte sich zusehends. Es gefiel ihm nicht, was er da sah, aber es wurde immer klarer.

„Hilfe! Bitte, Master! Hilfe!"

Dieses verletzte oder sterbende Ding da war ein Sklave. Ein Sklave innerhalb der Grenzen der Farm, wo er ohne Aufsicht eigentlich nicht sein durfte. Ein Sklave, der gewagt hatte, ihn um Hilfe zu bitten!

„Was tust du hier?" Der Aufseher sandte die Frage per Richtstrahl zu der offensichtlich hilflosen Kreatur. „Hast du dieses Gebiet ohne Befehl betreten?"

„Nein, Master... Es wurde mir – befohlen."

„Von wem? Was ist mit dir passiert? Drück dich etwas klarer aus!"

„Von... Ich kann nicht! Master, helfen Sie mir!" Der Halo des Sklaven flackerte, als die Strahlensprache immer erregter wurde.

Obwohl der Aufseher solchen Wesen für gewöhnlich aus dem Weg ging, erkannte er, daß er hier helfen mußte, wenn er etwas erfahren wollte. Er unterdrückte seine Abneigung und bewegte sich auf den Sklaven zu, um seine Verletzungen zu untersuchen. Er erwartete, das Ergebnis starker Ionen-Schläge vorzufinden, aber das, was er jetzt sah, ließ ihn seinen Ärger vergessen.

Der Körper der unglücklichen Kreatur war gefleckt, durchfurcht von einem Muster runder Löcher, wie sie der Aufseher noch nie gesehen hatte. Er kannte die länglichen Narben, die von Ionen-Schlägen herrührten, und die breiten Flecken, die entstanden, wenn seine Leute zu nahe an die Sonne herankamen und diese ein Stück der Körperoberfläche wegbrannte. Aber diese Körpermale sahen aus, als sei der Sklave in einen Regen von Körnern aus fester Substanz geraten.

Ein lächerlicher Gedanke, natürlich! Der dümmste Sklave konnte einem gelegentlichen Stein- oder Metallpartikelschlag, wie er in der interstellaren Leere vorkam, ausweichen. Die Sklaven hatten ja dieselbe Sinnesausrüstung und dieselben physischen Kräfte wie die Master. Bei vorurteilsfreier Betrachtung konnte man sogar sagen, daß sie zu derselben Spezies gehörten wie ihre Herren.

Aber was immer auch die Verletzungen der Kreatur hervorgerufen haben mochte, er konnte wenig dagegen tun. Aber er tat das wenige, mehr von Neugier als von Mitleid getrieben, und ersetzte Kohlenwasserstoff und andere organische Substanzen.

Der Sklave hatte nicht genug Nahrung. Der Metallvorrat in seinem Körper, wie er für diese Wesen lebenswichtig war, war offensichtlich teilweise entfernt oder beschädigt worden. Der Körper der Kreatur bestand nur aus einem Bruchteil der normalen Größe. Der Nahrungsvorrat, der für gewöhnlich einen großen Prozentsatz des Körperumfangs ausmachte, war verbraucht worden oder verdampft.

Es bestand kein Zweifel, daß der Sklave sterben mußte. Aber es bestand eine Chance, daß er vorher noch genug Stärke wiedergewann, um über sein Erlebnis zu berichten, wenn er gefüttert wurde. Er fütterte ihn – natürlich sparsam.

„Es hat keinen Sinn, die Nahrung an dich zu verschwenden, wenn du ohnehin sterben mußt“, erklärte er sanft.

„Natürlich nicht, Master“, stimmte der Sklave zu.

„Was ist mit dir passiert?“

Der Sklave war nicht in der Verfassung, zusammenhängend zu sprechen. Aber die Nahrung hatte ihn wenigstens so weit gestärkt, daß sein Verstand zumindest unklar denken konnte.

„Ich wurde zu den inneren Anlagen befohlen – zur Ernte." Nur zögernd kamen die Wortsymbole – aber ihre Bedeutung war unmißverständlich und erschreckend.

Der Student hatte also Sklaven zu einer Nahrungsvorratsanlage beordert! Vielleicht war das der Grund für die beiden unfruchtbaren Planeten.

„Du gehst an die Ernte, wenn so ein junger Narr das befiehlt?"

„Er war ein Master, und er erteilte den Befehl. Viele von uns gingen – viele gingen schon seit Jahren – und kamen selten zurück. Wir wollten es nicht, Master, aber er befahl es. Was sollten wir tun?"

„Ihr hättet den ersten Aufseher, der hierherkam, fragen können, ob es nicht besser wäre, diesem Befehl nicht nachzukommen."

„Sie sind der erste Aufseher, der seither hierhergekommen ist, soviel ich weiß. Und der junge Master sagte, wir sollten niemandem etwas von seinem Befehl sagen. Ich spreche auch jetzt nur davon, weil Sie es mir befohlen haben – und weil er mir jetzt ohnehin nichts mehr tun kann."

Der Aufseher ignorierte die letzten Worte.

„Du sagtest, viele von euch hätten den Befehl erhalten, das zu tun, aber wenige seien von diesem Auftrag zurückgekehrt. Was ist mit den anderen geschehen? Was ist mit dir geschehen?"

„Sie starben. Ich weiß nicht, wie. Es muß eben – so gewesen sein..."

Eine Pause trat ein.

„Ich nehme an, sie sind von meteorischen Partikeln getroffen worden", sagte dann der Aufseher, „wie du offenbar auch. Absorbieren die Sklaven eigentlich persönliche

Charakteristika von ihren Herren, zum Beispiel Dummheit? Konntest du den Meteoren nicht ausweichen?"

„Nein, nicht alle von uns konnten ausweichen. Das Gebiet in der Nähe des Zentralstrahlers ist dichter von solchen Teilen durchsetzt als andere Gebiete. Manche Stükke sind aus Eisen, manche aus anderen Stoffen. Aber man kann ihnen nicht ausweichen. Sie treffen zu schnell und zu hart. Man kann sie nicht auf normale Weise absorbieren. Sie zersetzen das Körpermaterial und verteilen es im Raum. Der Schock ist so groß und so stark, daß ich nichts tun konnte, um das Material wieder einzusammeln. Deshalb ist so viel von meiner Körpermasse verschwunden. Es lag nicht nur am Hunger. Einige andere Sklaven kamen besser davon als ich. Manche haben überlebt, aber manche traf es auch noch schlimmer als mich."

„Und schickt er die Sklaven noch immer zur Ernte?"

„Ja. Auf den größeren Anlagen kamen wir ganz gut zurecht. Aber dann interessierte er sich für die Anlagen, die weiter innen liegen. Dort ist es viel heißer. Er selbst wagte sich sogar zu der Anlage, die dann zerstört wurde. Wußten Sie das? Aber er kam sehr schnell wieder zurück und schickte dann uns an solche Stellen. Wir ernteten dann die nächste innere Anlage ab, die vierte vom Zentralstrahler. Es ging ganz gut, obwohl der Verlust an Sklaven sehr hoch war. Dann wollte er, daß wir mit der dritten Anlage beginnen. Ich war einer der ersten, die an diesem Projekt arbeiten sollten. Ich erwartete natürlich nicht, daß ich es überleben würde, nach dem, was ich von den anderen gehört hatte, und ich ließ mich zur Sonne fallen. Meine Kreisbahn führte dicht an der größten Anlage vorbei, die der Master selbst abgeerntet hatte, und ich hoffte, mich dort mit ein bißchen Nahrung stärken zu können, als ich vorbeikam."

Dieses Geständnis zeigte, wie überzeugt der Sklave

von seinem nahenden Tod gewesen sein mußte. Und es zeigte auch den Stand der Demoralisierung, in den der Student seine Untergebenen hatte fallen lassen.

„Aber ich wagte es nicht, mir Nahrung zu holen, als die Zeit kam“, fuhr der Sklave mit schwacher Stimme fort. „Als ich durch das Gebiet kam, wo die zerstörte Anlage sich befunden hatte, wurden die treibenden Partikel immer zahlreicher. Zuerst sah ich nur gelegentlich ein Stück Eisen oder Stein, dem ich leicht ausweichen konnte. Aber dann kamen sie zu zweit oder zu dritt, und ich mußte große Kurven beschreiben, um ihnen zu entgehen. Und dann kamen sie zu Dutzenden, in ganzen Klumpen, und ich konnte ihnen nicht mehr entkommen. Ich wurde mehrmals hintereinander hart getroffen. Zuerst war ich nahe daran umzukehren. Ich hätte mir niemals träumen lassen, daß ich je solche Gedanken hegen würde. Aber dann erinnerte ich mich des Befehls und bewegte mich weiter. Und ich wurde wieder und wieder getroffen, und jedesmal wurde der Befehl in meinem Gedächtnis schwächer. Ich erreichte die Umlaufbahn des vierten Planeten, kreuzte sie und verließ sie wieder. Danach wurde ich mehr und mehr von Partikeln angeschlagen. Einmal verlor ich beinahe sogar die Orientierung. Aber dann gelangte ich zu einer Stelle in der Nähe der Umlaufbahn des Riesenplaneten. Dort erinnerte ich mich wieder an den Befehl. Ich hatte noch nie zuvor einen Befehl des Masters mißachtet. Und ich wußte nicht, was ich tun oder denken sollte. Ich wollte zur Sonne zurückkehren und mich dort an das zu erinnern versuchen, was mit den anderen geschehen war. Aber dann fiel mir wieder der Befehl des Masters ein, und ich bewegte mich weiter. Ich wagte nicht, hinaus in die Kälte zu gehen, wo er wartete. Ich wagte nicht, in den Sturm von Steinen und Metallen zurückzukehren, der den fünften Planeten umtoste. Aber irgend etwas mußte ich tun. Ich konnte nicht ewig der

Laufbahn des Riesenplaneten folgen. Er würde mich früher oder später finden, und dann würde es schlimmer sein, als wenn ich gleich zu ihm gekommen wäre. Ich mußte nachdenken."

Dieses Wort traf den Aufseher wie ein Schock. Allein der Gedanke, daß ein Sklave dachte, war für einen Angehörigen der dominierenden Rasse abstoßend. Die Herren zogen es vor, die Sklaven für geistlose Kreaturen zu halten, die auf ihre Master angewiesen waren, um existieren zu können. Eine angenehme Denkungsart, die schon seit so vielen Rotationen der Galaxis bestand, daß ihre Erfinder beinahe an sie glaubten. Er hatte bereits anzunehmen begonnen, daß dieser Sklave ein besonderes Beispiel seiner Spezies war. Jetzt war er dessen gewiß.

Diese Gedanken ließen ihn schweigen, während die Kreatur eine Pause machte und sichtbar um ihre schwindenden Energien rang.

„Dann traf ich meine Entscheidung", fuhr der Sklave fort. „Da die Riesenanzahl von Partikeln von der Anlage kommen mußte, die zerstört worden war, konnte ich annehmen, daß die Laufbahn dieser Teile der der ursprünglichen Anlage gleich war. Wenn ich eine nahezu elliptische Bahn durch diese Region wählte und mich der Geschwindigkeit der Partikel anpaßte, statt meine parabolische Bahn beizubehalten, konnte es mir vielleicht gelingen, die schlimmsten Zusammenstöße zu vermeiden."

Die zerschmetterte Kreatur zitterte und machte erneut eine Pause, um Kraft zu sammeln.

„Gerade wollte ich meinen Plan in die Tat umsetzen, als ich einen anderen Sklaven entdeckte, der sich in dieselbe Richtung zu bewegen schien wie ich. Und ich dachte, zwei seien besser als einer. Wenn einer von uns starb, konnte wenigstens der andere aus unseren Erfahrungen lernen. Ich konnte ihn leicht erreichen, da er sich in freiem Fall bewegte, und erklärte ihm meine Idee. Er willigte ein, ohne lange nachzudenken, und kam mit mir. Eine Zeitlang ging alles gut. Wir gelangten in die Kreisbahn des vierten Planeten, ohne ernsthaft getroffen zu werden. Dabei machten mir allerdings die Schläge mehr zu schaffen als meinem Gefährten, da ich schon vorher mehrmals verletzt worden war. In diesem Gebiet waren die Partikel viel größer als im vorhergehenden. Sie waren leicht zu sehen und zu umgehen. Weiter drinnen trafen wir keine größeren Teile an. Entweder waren sie nicht bis hierher gelangt, oder sie waren durch Zusammenstöße mit den inneren Planeten zersprengt worden. Der feine Staub, der uns dort begegnete, ließ mich zu der zweiten Annahme neigen.

Danach wurden wir wieder schlimmer getroffen. Es war besser als zu Beginn, meine Idee schien also doch erfolgreich zu sein, aber es war arg genug. Der andere Sklave war noch nicht daran gewöhnt, und er verlor die Kontrolle über sich wie vorher ich. Damals waren wir beinahe bei der dritten Anlage angelangt, und er schien vor Schmerzen völlig blind zu sein. Offensichtlich fühlte er gar nicht, daß die Nahrung so nahe war. Dieses dritte Stück der Farm ist unglaublich reich.

Taumelnd flog er auf ein unbrauchbares Stück zu, das die dritte Anlage in ihrer Umlaufbahn begleitet. Dieses Stück ist zu klein, um bei dieser Temperatur Wachstum hervorzubringen, obwohl sein Durchmesser ungefähr das Zehnfache meines ursprünglichen Körpers beträgt. Er prallte hart auf dem Stück auf, und die Energie, die bei der Geschwindigkeit beider frei wurde, genügte, um seine Masse völlig verschwinden zu lassen. Das Stück war bereits mit vielen Narben besät, die von Zusammenstößen herrührten, aber mein Gefährte verursachte die größte und tiefste.

Dann war ich nahe genug beim dritten Planeten, um mit der Ernte beginnen zu können – zumindest wäre ich es unter normalen Umständen gewesen. Ich versuchte es, aber ich konnte mich nicht lange genug auf einen Aktionskurs konzentrieren. Das Bombardement nahm kein Ende. Mir fehlen die Worte, es zu beschreiben. Ich war ganz in der Nähe der reichsten Anlage, die ich je gesehen hatte, und ich war nicht imstande, auch nur ein Stück davon zu berühren.

Es war schon viel Zeit verstrichen, seit sie zum letztenmal abgeerntet worden war, und so hatten sich auf ihrer Oberfläche Substanzen entwickelt, die mir völlig unbekannt waren. Es gab natürlich Kohlehydrate, Oxyde und kohlensaure Salze, wie man sie auf jeder Farm findet. Aber es gab auch Proteine von so phantastischer Zusammensetzung, wie man es sich nicht vorstellen kann. Ihre Emanationen trieben mich beinahe zum Wahnsinn. Bei dieser Temperatur mußten sie sich sehr rasch bilden, und sie waren zu einem noch nie dagewesenen Grad entwikkelt. Und ich konnte nichts davon kosten!

Aber ich konnte sie fühlen, und trotz der Schmerzen, die mir das Meteorbombardement zufügte, blieb ich ein paar hundert Sonnenumläufe lang in der Nähe des Planeten, umkreiste ihn unschlüssig. Es schien mir nicht lange, aber es genügte, meinen Körper so zu zerstören, daß jetzt keine Rettung mehr möglich ist. Erst als meine Sinne nachließen, war ich imstande, mich von dem Planeten abzuwenden und mich bis hierher durchzukämpfen. Es gelang mir mit letzter Kraft, in eine Umlaufbahn einzuschwingen, die außerhalb des höllischen Halos der Planetenfragmente liegt, und dann und wann brachte ich genug Energie auf, um nach Hilfe zu rufen, aber ich wußte, daß es sinnlos war. Auch wenn Sie früher gekommen wären, für mich wäre es auf jeden Fall zu spät gewesen.

Aber ich lebe noch, um Sie warnen zu können. Gehen Sie nicht in den Kreis des alten fünften Planeten. Blicken

Sie auch nicht in diesen Kreis hinein, denn wenn Sie fühlen, was diese ungeerntete dritte Welt enthält, werden Sie in Ihr Verderben gezogen werden.“

Der Sklave schwieg, und der Aufseher dachte über seine Erzählung nach, während sie um die Sonne kreisten. Ihm fiel keine gerechte Strafe für den Studenten ein, dessen Nachlässigkeit zu dieser Situation geführt hatte. Die Grausamkeit, endlose Sklavenherden in den sicheren Tod zu treiben, erregte ihn nicht besonders. Um so mehr aber die Verschwendung dieser Sklaven. Die Vorstellung, daß Hunderte von toten Körpern um die Sonne trieben und immer mehr zusammenschmolzen, je näher sie dem Perihelium kamen, bis nichts mehr von ihnen übrigblieb als ein paar lose Partikel mit hohem Schmelzpunkt, war eine Beleidigung für seinen ökonomischen Sinn. Auch mußte man die Tatsache in Betracht ziehen, daß die beste Farmanlage des Systems offensichtlich unzugänglich geworden war. Ebenso durfte man nicht ignorieren, daß zumindest ein Sklave in die Höhen des Denkens vorgestoßen war.

Natürlich mußte man alles erst untersuchen, bevor man den Studenten mit Anklagen konfrontierte. Nur die letzte Tatsache, daß ein Sklave gedacht hatte, konnte man bereits jetzt als objektiv richtig ansehen.

Abrupt wandte sich der Aufseher von dem Sklaven ab – sonnenwärts. Die sterbende Kreatur sah ihn davongleiten, rief noch einmal um Hilfe und schwieg dann für immer, als ein Ionenstrahl sie traf. Einen Augenblick lang bereute der Aufseher diese impulsive Handlungsweise – nicht aus Dankbarkeit für die Warnung, der er wenig Bedeutung beimaß und die ohnehin zu den Pflichten des Sklaven gehört hatte, sondern ganz einfach, weil er impulsiv, statt überlegt gehandelt hatte. Aber dann dachte er, daß die Kreatur ihm nicht viel mehr hätte erzählen können, selbst wenn sie bis zu seiner Rückkehr überlebt hätte.

Er hatte es nicht eilig. Von der Schwerkraft des Zentralstrahlers ließ er sich zur Kreisbahn des Riesenplaneten tragen. Seine Sinne durchforschten die Raumsphäre, die vor ihm lag und in der der Tod lauerte. Aus dieser Entfernung wirkte alles harmlos. Er beobachtete die inneren Planeten, die rasch ihre Bahnen zurücklegten, und sah, daß der Sklave die Wahrheit gesprochen hatte, als er von einem Begleitkörper des dritten Planeten gesprochen hatte. Aber ansonsten schien der Raum leer.

Trotzdem ließ er nicht die Vorsicht außer acht. Was für Sklaven tödlich war, konnte für einen Master unangenehm oder sogar gefährlich werden.

An der Kreisbahn des fünften Planeten hielt er an und begann mit einer sorgfältigen Inspektion des gefährlichen Raumes.

Die kleinen Körper waren tatsächlich da. Tausende. Sie schienen die Kreisbahn des alten fünften Planeten zu bevorzugen, wie der Sklave gesagt hatte. Es gab offenbar keinen Grund, warum er nicht seine Geschwindigkeit so einrichten konnte, daß er Zusammenstöße mit Tausenden von Asteroiden vermied.

Trotzdem war es unklug, sich in mögliche Gefahr zu begeben, ohne einen vernünftigen Grund. Besser beurteilte er schon in seiner jetzigen Position, ob ein solcher Grund gegeben war. Seine feinen Sinne spürten trotz der halben Milliarde Meilen, die zwischen ihm und dem äußersten Punkt der Kreisbahn des dritten Planeten lag, die üppige Farmanlage. Er behielt seine Position bei und konzentrierte seine ganze Aufmerksamkeit auf sie.

So nahe am Zentralstrahler, drehte er sich sehr rasch. Sein Problem ähnelte dem eines Mannes, der einen Freund auf einem Karussell ausmachen will – angenommen, der Freund drehte sich nicht nur mit dem Karussell, sondern auch auf seinem Sitz um sich selbst.

Es kostete den Aufseher nur ein paar Umdrehungen seines Körpers, um sich der Situation anzugleichen, und die Details drangen immer deutlicher in sein Bewußtsein. Grimmig gab er zu, daß der Sklave nicht übertrieben hatte.

Die Anlage war fabelhaft.

Substanzen, deren Namen er nicht kannte, drängten sich seinen analytischen Sinnen auf, die dem Geschmacks- und Geruchssinn entsprachen. So fremdartig sie auch für ihn waren, so konnte er doch erkennen, daß es sich um Nahrung handelte, geladen mit Energie, mit faszinierenden Geschmacksrichtungen, in noch nie dagewesenem Grad gehaltvoll. Gewächse, die in dieser Reichhaltigkeit und Vielfalt sich auf keiner der gewöhnlichen Erntewelten der Galaxis entwickeln konnten.

Der Beobachter fragte sich, ob es sich nicht lohnen würde, auch andere Farmen für ein paar Jahre sich selbst zu überlassen. Sein größtes Laster war allerdings die Gefräßigkeit. Aber auch die Asketen seiner Spezies wären beim Fühlen dieses Planeten in unkontrollierbare Versuchung geraten.

Er bereute beinahe, daß er ein paar Tonnen Nahrung von seinem Planeten mitgebracht hatte. Aber er sagte sich rasch, daß er ja einiges davon verbraucht hatte, um dem Sklaven zu helfen. Und er würde noch mehr verbrauchen, wenn er wirklich in die mit höheren Temperaturen ausgestatteten Zonen nahe der Sonne vordrang.

Sein Gewicht war groß, aber seine Normaltemperatur war so niedrig, daß die Lebensprozesse unglaublich langsam abliefen. Für ihn kam eine chemische Reaktion, die ein paar Jahrtausende dauerte, einer Dynamitexplosion gleich. Ein paar Pfund von organischen Verbindungen fütterten seinen meilenbreiten Leib für viele Menschenalter.

Beinahe willenlos ließ sich der Aufseher in die asteroide Zone treiben und rationalisierte im Flug seinen Appetit. Es kostete ihn nur wenig Aufmerksamkeit, einen parabolischen freien Fall durch das System zu vollführen, dessen Perihelium eine Tangente zur Kreisbahn des dritten Planeten bildete. Bei dieser Entfernung von der Sonne war der Unterschied zwischen parabolischen Geschwindigkeiten und Kreisbahngeschwindigkeiten nicht so groß, und so entdeckte er auch die kleinsten Partikel rechtzeitig genug, um ihnen ausweichen zu können. Aber das änderte sich, als er sonnenwärts fiel.

Vielleicht hatte er mit seiner Willenskraft gerechnet, die natürlich der des Sklaven, der ihn gewarnt hatte, überlegen war. Wenn das so war, so hatte er die Effekte einer ebenso überlegenen Vorstellungskraft vergessen. Der dritte Planet übte auf ihn eine viel stärkere Anziehung aus als auf den Sklaven, und als er den sich drehenden Planeten sah, wurde er durch den ersten Zusammenstoß aus einer fast hypnotischen Trance gerissen. Das erweckte in ihm die Erkenntnis, daß seine natürliche Überlegenheit, die er gegenüber der Sklavenrasse besaß, ihn nicht vor ernsthaften Schwierigkeiten schützen konnte.

Der Raum rund um ihn – er befand sich nun innerhalb der Umlaufbahn des vierten Planeten – war von staubkörnerkleinen Meteoren erfüllt, und jeder, wie er an der Körperoberfläche des Sklaven gesehen hatte, konnte einen Krater in einen Körper graben. Einzeln waren sie ungefährlich. Aber in diesen Mengen waren sie tödlich.

Abrupt wandte er seine Aufmerksamkeit wieder dem unmittelbaren Problem des Überlebens zu. Er änderte seinen Kurs und fiel wieder in die sichere Leere des interstellaren Raumes zurück. Aber dem Zauber des Feinschmeckerparadieses, das er gefühlt hatte, konnte er sich nicht so leicht entziehen. Eine Zeitlang hielt er an, während der dritte Planet den Zentralstrahler umlief und seine Freßsucht und seine Todesangst abwechselnd die Oberhand in ihm gewannen. Alleine wäre er wahrscheinlich verloren gewesen. Aber der Student hatte ein Gewissen.

„Sir!" Die Stimme drang schwach, aber deutlich in sein Bewußtsein. „Bleiben Sie nicht dort! Das dürfen Sie nicht! Ich hätte sie nicht kommen lassen sollen – aber ich war ärgerlich. Ich weiß, ich war ein Narr. Ich hätte Ihnen alles sagen sollen."

„Ich habe es erfahren. Es war mein Fehler." Es fiel dem Aufseher schwer zu sprechen. „Ich kam aus freiem Willen, und ich glaube noch immer, daß dieser Planet eine Untersuchung wert ist."

„Nein! Es ist nicht Ihr freier Wille – kein Wille kann frei bleiben, nachdem sein Eigentümer gesehen hat, was dieser Planet zu bieten hat. Ich wußte es, und ich erwartete, daß Sie sterben würden. Aber ich brachte es nicht fertig... Kommen Sie, rasch! Ich helfe Ihnen."

Der Student befand sich in einer Kreisbahn, die fast identisch mit der des Aufsehers war, obwohl er noch viel weiter draußen war. Vielleicht war es die Umdrehung, die der Aufseher vollführte, um nach dem Studenten zu sehen und seinen Blick von dem verlockenden Objekt unter ihm abzuwenden, die ihn schwanken ließ. Was immer es war, der Student profitierte davon, es gelang ihm, den Bann zu brechen.

„Schauen Sie nicht wieder hin, Sir. Schauen Sie mich an, und folgen Sie mir. Oder wenn Sie mich nicht ansehen wollen, schauen Sie das dort an!"

Er zeigte deutlich in die Richtung, und der benommene Aufseher blickte beinahe unfreiwillig hin.

Das Ding, das er sah, war deutlich erkennbar. Es hatte einen kleinen Kern, wie seine Sinne automatisch analysierte. Es bestand aus Methan und anderen Kohlenwasserstoffen, ein wenig freiem Sauerstoff, und kleine Teile von schweren Elementen durchsetzten es wie Rosinen einen Pudding. Ein Halo von mehreren Tausenden Meilen Umfang umgab es, das aus den sich verflüchtigenden Teilen seiner Substanz bestand. Das Ding bewegte sich in einer elliptischen Bahn von der Sonne weg und zeigte keine Anzeichen einer intelligenzbedingten Kontrolle.

Es war ein toter Sklave, aber es hätte ebenso ein toter Master sein können.

Ein toter Sklave war ein Nichts. Aber das, was ihn getötet hatte, konnte ihn genauso töten.

Es geschah zum erstenmal in seinem unglaublich langen Leben, daß er sich der Möglichkeit des Todes gegenübersah. Und wahrscheinlich konnte nichts anderes als Furcht sein Leben retten.

Den Studenten dicht neben sich, folgte er dem düster glühenden Körper bis zum äußersten Punkt seiner Bahn. Und als der Körper wieder zurück in den Todeshalo zu fallen begann, der den so harmlos aussehenden Planeten umhüllte, glitt er weiter in die freundliche Dunkelheit.

Vielleicht konnte man eines Tages diesen dritten Planeten doch abernten, dachte er.

Es ist keine sehr gute Gruppe von Studenten, dachte Wright. Es war immer das gleiche. Wenn er Glück mit dem Bobachtungswetter hatte, war niemand da, um die Dinge zu würdigen, die er sah. Er warf einen bedauernden Blick zur Kuppel des Sechzig-Zoll-Teleskops, wo ein Student eine andere Platte vorspannte.

Trotzdem, die Nacht war gut.

„Mr. Wright! Ist das eine Wolke oder Aurora?“

„Wenn Sie damit aufhören, über die gegenwärtige Position der Sonne unter dem Horizont nachzudenken, werden Sie entdecken, daß der Lichtfleck, auf den Sie zeigen, diesem Punkt direkt gegenüberliegt. Er liegt also im Weg des Erdschattens, wenn auch jenseits davon. Er wird Gegenschein genannt und ist, wie das Zodiakallicht, in diesem Breitengrad für gewöhnlich nicht sichtbar. Wir haben das Licht vor einiger Zeit gesehen, wenn Sie sich erinnern können, an einem Abend, als wir früher mit den Beobachtungen begannen. Tatsächlich ist der Gegenschein eine Fortsetzung des leuchtenden Bandes, das wir Zodiakallicht nennen. Das letztere kann manchmal während seines ganzen Weges rund um den Himmel bis zu dem Punkt verfolgt werden, den wir gerade beobachten."

„Und was verursacht den Gegenschein und das Zodiakallicht?"

„Die vernünftigste Erklärung ist, daß sie Lichter sind, die von kleinen, festen Partikeln reflektiert werden, von Meteoren. Offensichtlich dehnt sich eine Wolke solcher Teile in einiger Entfernung von der Erdumlaufbahn aus – wie weit entfernt, ist schwer zu sagen. Je weiter die Wolke von der Sonne entfernt ist, desto schwächer kann man sie sehen, wie ja auch zu erwarten ist. Ausgenommen den Fleck, den wir Gegenschein nennen."

„Warum macht er eine Ausnahme?"

„Ich denke, daß das einer von Ihnen beantworten kann."

„Vielleicht aus demselben Grund, der den Vollmond so viel heller scheinen läßt als den Viertelmond? Vielleicht haben die Partikel ganz einfach unebene Oberflächen und wirken in den meisten Positionen dunkel wegen der Schatten der Unebenheiten auf ihren Oberflächen – Schatten, die verschwinden, wenn das Licht hinter dem Beobachter ist?"

„Daran kann es liegen. Offensichtlich sind die Meteore groß im Vergleich zu den Wellenlängen des sichtbaren

Lichts und bilden einen definitiven Teil des solaren Systems. Ich glaube, es wurde einmal angenommen, wenn innerhalb der Erdumlaufbahn Partikel von einem Millimeter Durchmesser wären, die fünf Meilen voneinander entfernt wären, müßten sie genug Licht reflektieren, um ein ähnliches Licht zu bilden, das wir jetzt beobachten. Sie könnten natürlich auch kleiner und zahlreicher sein. Nur eine bestimmte Menge von reflektierenden Oberflächen ist erforderlich."

„Die machen mir aber Sorgen", mischte sich eine andere Stimme ein. „Seit Jahren höre ich, daß geringe Gefahr besteht, daß Raketen mit Meteoren zusammenstoßen können, wenn wir sie in den Raum senden. Aber ein Stecknadelkopf alle fünf Meilen ist vielleicht nicht so schlimm."

„Ich würde sagen, daß die Möglichkeit von Kollisionen besteht", erwiderte Wright, „aber welchen Schaden Partikel von dieser Größe anrichten können, weiß ich nicht. Es scheint ziemlich wahrscheinlich, daß sie durch den Anprall zersetzt würden. Wie der Rumpf einer Rakete darauf reagieren würde, das müssen wir mit Hilfe von Experimenten herausfinden. Es würde mir nichts ausmachen, dieses Risiko auf mich zu nehmen. Ich glaube, wir können sagen, daß der meteorische Inhalt des solaren Systems der menschlichen Rasse noch einige Unannehmlichkeiten bringen wird, falls wir unseren Planeten verlassen sollten."

Ein weißer Feuerstreifen beschrieb einen schweigenden Bogen über den Himmel und schien Wrights Worte zu unterstreichen. Wright fragte sich, ob der Feuerstreifen auf der photographischen Platte zu sehen sein würde.

„Also gut – wunderbar. Du bist wirklich das beinahe bewegungsloseste Ding des Universums.“

Hoeys Worte waren selbstverständlich bildlich gesprochen. Ob sie zutrafen oder nicht, hing natürlich völlig vom Standpunkt des Betrachters ab. Nach vier Stunden großer Anstrengung rührten sich Rocco Luisi und sein *Ymyrgar* in Relation zu Hoey und der *Anffgorddus* tatsächlich nicht, aber keine Maschine war reglos, was irgend etwas anderes betraf. Beide Schiffe reisten mit einer Geschwindigkeit von etwa vier Kilometer pro Sekunde in nördlicher Richtung durch die Galaxis, von ihrem Heimathafen auf Rhyddid aus gesehen, der siebenundfünfzig Parsek hinter ihnen lag. Aber sie bewegten sich mit einer viel größeren Geschwindigkeit, was das viel weiter entfernte Solsystem betraf. Aber was ihr Verhältnis zueinander anging, so war die Geschwindigkeit auf etwa fünf Zentimeter pro Jahr herabgesunken.

Es war problematisch, wie lange dies anhalten würde. Ein automatischer Verfolger war in Hoeys Schiff eingeschaltet und versuchte, das Muster konstant zu halten, das die beiden kombinierten ultravioletten Laserstrahlen erzeugten. Einer der Strahlen kam aus seinem Schiff, der andere aus Luisis Schiff, aus den präzisesten Interferometern, die je hergestellt worden waren. Da die Schiffe etwa eine Lichtstunde voneinander entfernt waren, war es schwierig, Korrekturen vorzunehmen, obwohl ein Computer sein Bestes tat, Irrtümer zu vermeiden.

„Neunzehn Dezimalstellen“, lautete der sprichwörtliche Standard der Genauigkeit seit über einem Jahrhundert. Aber es gehörte noch nicht zu den Standardleistungen, dies zu erreichen.

„Das dürfte es sein“, sagte Hoey. „Das bedeutet, daß wir beide während der nächsten vier Stunden in unseren

Sitzen angeschnallt bleiben – ohne Bewegung. Wenn irgendein Instrument in unseren Schiffen sich mehr als um ein halbes Mikron bewegt, im Verhältnis zu einem anderen Instrument, so haben wir eine Menge Zeit und Geld verloren."

„Ich weiß – das habe ich mir genauso oft eingeredet, wie du dir." Luisis Stimme klang klar und unverzerrt aus dem Kommunikator.

„Sicher hast du das", erwiderte Hoey. „Aber eine Menge Leute fragen sich, ob du wirklich daran glaubst."

„Nun, das hängt davon ab, was du unter Glauben verstehst. Ich kann mir wie jeder andere vorstellen, wohin sich der Mittelpunkt meines Schiffes bewegt, wenn ich aufstehe. Ich..."

„Ich weiß, daß du das kannst. Dein Problem ist, daß du nicht glauben kannst, dies würde wirklich solche Schwierigkeiten bereiten, wie sie behaupten. Denke doch daran, daß sie sich sogar über Gezeitenkräfte von Cinder dort drüben Sorgen gemacht haben..." Er zeigte auf den dicken Obc-Stern, der sie aus einer Entfernung von einem halben Parsek anstarrte. „Und sie haben sich sogar die Mühe gemacht, eine Gegend in seiner Nachbarschaft zu finden, wo der Sonnenwind beständiger ist..."

„Ach was! Raum ist Raum. Man muß sich nur um den Wind sorgen, wenn man in der Nähe einer Sonne ist, und dann ist es auch nur ein Problem harter Strahlung."

„Sehr wahr. Das Problem ist nur, daß die gewöhnlichen Bewegungen der stellaren Winde eine Dichte von etwa zehn Atomen pro Kubikzentimeter schaffen. Und hier sind es ein paar tausend. Es hat sich herausgestellt, daß selbst diese Masse die Geschwindigkeit der Schiffe nicht ernsthaft beschleunigt, außer, wenn die relative Geschwindigkeit sehr hoch ist. Aber damit mußten sich die Planer herumschlagen. Du verstehst ja, was ich meine. Und jetzt hören wir zu schwatzen auf. Je eher die

Leute in ‚Big Boy' mit der Arbeit beginnen können, desto früher können wir wieder ruhig atmen. Ich werde sie rufen."

Hoeys Finger spannten sich um einen Knopf, und er ersetzte den mikroskopisch kleinen Kristall im Aktivitätsfeld des Kommunikators durch einen anderen, dessen Zwilling sich an Bord von „Big Boy" befand, etwas formeller *Holiad* genannt. Er sprach ohne Vorrede, denn er wußte, daß ihm jemand zuhören würde.

„Wir sind in der Position, und mein Verfolger sagt mir, daß wir sie halten können. Seht zu, daß ihr den Job erledigt, solange alles so gut läuft."

„Okay." Die Antwort klang knapp, aber nicht beiläufig. Der Sprecher, ein kräftig gebauter Mann mittleren Alters mit einem beinahe fanatischen Leuchten in seinen blauen Augen, beugte sich über die Kontrolltafel vor ihm und begann, in einer komplizierten Reihenfolge auf mehrere Knöpfe zu drücken. Alle zwei oder drei Sekunden hielt er inne, um das Lichtmuster zu beobachten, das vor ihm vor einem Bildschirm flackerte. Nach einer halben Minute wurde das Muster konstant, und er lehnte sich entspannt zurück.

„Programm A läuft."

Ein jüngerer Mann, der einige Meter entfernt vor einer ähnlichen Kontrolltafel saß, nickte. Zuerst antwortete er nicht, aber dann beschloß er, zu sprechen, nachdem er ein paar Sekunden lang genau überlegt hatte, was er sagen wollte. Es konnte leicht passieren, daß man etwas Falsches zu Elvin Toner sagte.

„Glauben Sie, daß wir die volle Zeit herausschlagen können?" wagte er schließlich zu bemerken. „Diese Piloten sind gut, aber ich wollte, wir hätten Robotschiffe für die Schlüsselstationen genommen. Ein Mann kann nicht endlos lange stillhalten."

„Das wünsche ich mir auch.“ Toner antwortete ohne merkbare Irritation, und sein Blick blieb auf der Kontrolltafel haften. „Und außerdem wünsche ich mir“, fuhr der Direktor fort, „daß es möglich wäre, das Kommunikationssystem zu einer automatischen Kontrolle für Dinge wie Entfernung oder Messung der Lichtverzögerung zu verwenden. Aber bis irgendein Genie Ihrer Generation ein System ausarbeitet, wie man Frequenz, Wellenlänge und Ausbreitungsgeschwindigkeit von Wellen messen kann – oder wenigstens herausfindet, was alles zu dem Wellenphänomen gehört – , müssen wir mit der elektromagnetischen Strahlung auskommen und auch mit menschlichen Wesen. Das mag Ihnen zwar nicht gefallen, aber wenn Sie einmal mein Alter erreicht haben, werden Sie sich damit abfinden.“

„Das hoffe ich nicht“, konnte Ledermann sich nicht enthalten zu sagen.

„Eh? Warum nicht?“ Toners Augen wandten sich beinahe von den Instrumenten ab.

„Ich meine, wenn ich es lerne, mich mit Unzulänglichkeiten abzufinden, dann wird es deshalb sein, weil ich nicht fähig war, etwas zu verbessern. Und wer will das schon gern zugeben?“

Toner grinste.

„So etwas will natürlich niemand zugeben, nehme ich an. Aber ehrliche Leute müssen es ab und zu tun. Halt! Da kommt das Ende der ersten Minute. Irgendwelche Unregelmäßigkeiten auf Ihrem Pult?“

„Bis jetzt nicht. Ich weiß allerdings nicht, was das beweist. Wir können nur messen, was in die Generatoren hineinkommt. Wir können nicht berühren, was herauskommt, ohne es zu verändern...“

„Natürlich.“ Der ältere Mann machte eine ungeduldige Handbewegung. „Aber es ist doch eine Erleichterung, daß alles gut abläuft. Ich weiß nicht, wie es mit Ihnen ist,

Dick, aber Programm A, das sind bereits zum zweitenmal die längsten Stunden meines Lebens."

„Ich weiß", erwiderte Ledermann. Es geschah zum erstenmal, daß Toner so offen über seine Gefühle sprach, und es geschah ebenfalls zum erstenmal, daß der Assistent aufrichtige Sympathie für den Direktor verspürte. Da der jüngere Mann kein schneller Denker war, wußte er wieder einmal nicht, was er auf diese Bemerkung antworten sollte.

Aber wahrscheinlich gab es gar nichts Passendes, was man darauf hätte sagen können. Toner hatte wie die meisten Männer in mittleren Jahren eine ziemlich stabile persönliche Lebensphilosophie entwickelt und besaß einen Fundus von grundlegenden Glaubenssätzen. Das gegenwärtige Experiment kollidierte sehr heftig mit einem dieser Glaubenssätze – mit einem Glaubenssatz, den Ledermann nicht anerkannte.

Andererseits, dachte der Assistent, während er durch eines der großen Sichtfenster der *Holiad* starrte, war dies ein Ort, an dem es schwer war, von der Richtigkeit von Glaubenssätzen überzeugt oder nicht überzeugt zu sein.

Der Raum war nicht dunkel, obwohl die nebelartigen Substanzen, von denen es im Orion-Ausläufer des Milchstraßensystems nur so wimmelte, nie sehr hell waren, auch wenn sie von keiner Planetenatmosphäre getrübt wurden. Wenn man näher an eine ausgedehnte Lichtquelle herankam, so wurde es auch nicht heller, nur dichter. Von der Position der *Holiad* aus war der größte Teil des Himmels nebelhell. Und für einen Raumfahrer wirkt alles im Raum, was einer Wolke gleicht, irgendwie falsch am Platz. In einigen Richtungen blinken die Sterne beständig, andere Regionen sind von lichtjahrweiten Staubmassen verdunkelt. Ein Teil des Staubes selbst ist hell, denn Cinder ist nur ein halbes Parsek entfernt. Seine hellen Strahlen lassen nicht nur die Nebelgase fluoreszieren, sondern sie beleuchten auch den Staub auf weite Entfernungen. Cinder ist nur etwa fünfmal so groß wie Sol, was bedeutet, daß der Stern aus einer Entfernung von einem halben Parsek wie ein Punkt aussieht.

Aber dieser Punkt beleuchtete die *Holiad* genauso stark wie der Vollmond die Erde. Verschiedene andere O- oder B-Sterne schimmerten in der Nachbarschaft. Manche sahen heller aus als die Venus von der Erde aus betrachtet, manche gaben sich nur dadurch zu erkennen, daß sie den sie umgebenden Staub beschienen, andere waren nur schwach im Nebel sichtbar. Im Ausläufer des Orion steht eine der Wiegen der Galaxis.

Unglücklicherweise sind die Bewohner dieser Wiege Findlinge. Die allgemeinen Umstände einer Sternengeburt sind nun ziemlich klar. Schiffe, die in die wolkigeren Regionen der Galaxis vorgedrungen sind, haben Sterne in allen Stadien ihres Werdens beobachtet, von Gas- und Staubwolken, kaum dichter als der interstellare Raum, über die T Tauri-Variablen, die heiß genug sind, um sichtbare Strahlen auszusenden, bis zu der Riesenbevölkerung von Hauptsonnen, deren Wasserstoffeuer leuchten. Eine vollständige Geburt wurde noch in keinem Fall beobachtet, aber wir wissen genug, um uns die Umstände mit einiger Gewißheit vorstellen zu können.

Und wie bei Findlingskindern, so liegt der Ursprung von Sternen im Dunkel. Lange Zeit wurde angenommen, daß Veränderungen in der Dichte des interstellaren Raumes den Schlüsselfaktor darstellen, daß Zufall der Vater ist. Für Ledermann, jung und konservativ, war es kein Problem, diesen Standpunkt einzunehmen. Für ihn war es klar, daß zufällige „Winde“ im Raum zeitweise Gaskonzentrationen schufen, die so dicht waren, daß ihre Schwerkraft den spaltenden Gezeitenkräften der restlichen Galaxis standhalten konnte, sie überwinden konnte, um ein lokales Potential zu produzieren, das imstande war, die Energiepartikel einer Wolke anzusammeln.

Der beinahe zwanzig Jahre ältere Elvin Toner hatte starke Vorbehalte gegen reine Statistiken. Wie jeder Mann mit bescheidenen Grundkenntnissen der Physik erkannte er die grundlegende statistische Natur vieler Gesetze des Universums. Er gab zu, daß ein Stern durch die Verkettung von Zufällen entstehen konnte, wie das die meisten Leute für sicher hielten. Aber er bezweifelte ernstlich, daß die zufälligen Bewegungen von interstellaren Gasen oft genug die nötigen Bedingungen herstellen konnten, um damit die Entstehung so vieler bekannter Sterne zu erklären, auch wenn man die eindrucksvolle Lebensdauer der Sterne berücksichtigte. Er war überzeugt, – und das war für ihn ebenso ein Glaubensgrundsatz wie die bekannte wissenschaftliche Voraussetzung, daß es für alles eine natürliche Ursache geben muß –, daß irgendein besonderer Prozeß für die Entstehung der Sterne verantwortlich war.

Er konnte beweisen, daß ein solcher Prozeß der Dichte der Sterne zugrunde liegen mußte. Ledermann konnte beweisen, daß das nicht der Fall war. Beide Beweise waren statistisch, die gleichen Gesetze des Zufalls lagen ihnen zugrunde. Sie unterschieden sich natürlich, was die grundlegenden Bedingungen betraf, auf denen sie aufgebaut waren. Beide Zusammensetzungen von Bedingungen waren logisch. Und beide Hypothesen lebten weiter, weil keine genau untersucht werden konnte. Elvin Toner hatte fast dreißig Jahre dazu gebraucht, eine sehr vermögende Institution dazu zu bewegen, diese Untersuchungen durchzuführen. Und jetzt hatte er die Chance.

Es hatte viel Geld und große Anstrengungen gekostet.

Die Grunduntersuchung bestand aus detaillierten Messungen der Positionen, Geschwindigkeiten und Beschleunigungen aller Partikel, so genau, wie Heisenberg es zuließ, und möglichst gleichzeitig – in einem Gebiet von mehr als fünf Astronomischen Einheiten. Da elektromagnetische Energie benutzt wurde, brauchte man etwa zwei Stunden, nur um das Wellenmuster herzustellen, das als Rahmen für die Batterien der Meßinstrumente dienen sollte, die selbst Kraftfelder bildeten.

Nach der Errichtung des Wellenmusters mußte man die Vektor-Quantitäten der Partikel in der Region messen. Diese Messungen geschahen gleichzeitig und rasch, aber es dauerte eine Stunde, bis man die Impulse aufzeichnete, die von der *Ymyrgar* entlang dem Wellennetz zur *Anfforddus* reisten, von der die Angaben an das Mutterschiff weitergeleitet wurden.

Das war das Programm A, das nun ablief. Elektromagnetische Wellen von beinahe fünfhundert verschiedenen Frequenzen gingen von der *Ymyrgar* aus, pflanzten sich durch die nicht ganz leere Milliarde Kilometer fort, die das kleine Schiff von seinem Schwesterschiff trennte. Einige der Frequenzen waren ob ihrer Fähigkeit ausgewählt worden, mit den Atomen und Ionen des Raumes in Wechselwirkung zu treten, andere auf die gegenteilige Fähigkeit hin. Einige wurden von dem Apparat an Bord der *Anfforddus* absorbiert und analysiert, andere wurden zu ihrer Entstehungsquelle zurückreflektiert, um das feste Wellenmuster zu kreieren, das für Programm B gebraucht wurde. Und ungeheure Energien würden verschwendet werden, wenn eines der beiden kleinen Schiffe seine Position auch nur um Mikronen änderte.

Die Lichter des Kontrollsystems an Bord der *Holiad* berichteten vom Fortgang des Experiments, Mikrosekunde um Mikrosekunde, vom Arbeiten jedes Frequenzgenerators. Aber das Instrument, das Toner nie aus den Augen ließ, verfolgte die Funktion des Interferemeters an Bord der *Anfforddus*. Das Licht dieses Instruments schien gelb, solange das Originalsystem unverändert blieb. Jede kleine Veränderung in der einen Richtung würde das Licht rot aufleuchten lassen, in der anderen Richtung violett. Manchmal zeigte das Licht eine kleine Abweichung ins Grüne oder Orangefarbene, aber man hatte es bisher immer noch als gelb definieren können.

„Ich denke, Sie können sich ein wenig ausruhen", sagte Ledermann zu Toner. „Jetzt dürften keine Störungen mehr eintreten. Programm A läuft seit einer halben Stunde. Wenn Hoey oder Luisi keine Mätzchen machen, werden sich ihre Schiffe kaum so stark bewegen, daß wir Schwierigkeiten haben."

„Sie wurden beide EEG-untersucht, bevor wir sie engagierten. Über diese Möglichkeit mache ich mir keine Sorgen."

„Warum machen Sie es sich dann nicht bequem? Sie haben doch sicher keine Angst vor Meteoren."

„Nun – Kometenkerne sind ziemlich weit weg von Sonnen, aber ich denke wirklich nicht an etwas Bestimmtes. Es ist nur, daß alles umsonst wäre, wenn auch nur eine Kleinigkeit schiefgeht. Das Programm A ist noch nicht so schlimm, abgesehen von der erforderlichen Präzision. Aber wenn B beginnt, dann wird es gefährlich. Daran muß ich ständig denken."

Ledermann nickte. Programm B war das Experiment selbst – die Untersuchung der Hypothese Toners. In der Annahme, daß nichtstatistische Kräfte existierten, die die interstellare Materie zu Proto-Sternen zusammenzogen, war der Astronom nicht in Mystizismus zurückgefallen. Er hatte viele Kombinationen von elektrischen und magnetischen Feldern untersucht, die solche Effekte hervorbringen und die entlang den Armen der Milchstraße existieren könnten. Die Wellenmuster von Programm B waren nach den Resultaten dieser Forschungen festgesetzt worden. Natürlich, bei einem so komplizierten Phänomen wie der Entstehung der Sterne konnte man nicht hoffen, eine bindende Erklärung zu finden. Dazu waren die Wellenmuster von Programm A nicht kompliziert genug. Aber Toner hoffte, daß sie zumindest signifikanter waren als zufällige Gas- oder Staubkonzentrationen. Außerdem waren sie immerhin kompliziert und ausgedehnt genug, so daß man nicht annehmen konnte, daß ähnliche Felder bereits existierten. Natürlich, wenn Programm B die Resultate brachte, die Toner erwartete, so würde er kaum Schwierigkeiten haben, die Forschung nach ähnlichen Feldern finanzieren zu können.

Wenn das Programm allerdings nicht die Resultate erbrachte, auf die Toner hoffte, so wußte Ledermann nicht, was er erwarten sollte. Wenige Männer konnten eine Lieblingshypothese von einer Stunde zur anderen aufgeben. Und die Notwendigkeit, es zu tun, konnte äußerst schmerzhaft sein.

Natürlich würde Toner nicht sofort zu einem solchen Extrem gezwungen werden. Viele Experimente mußten scheitern, bevor man eine Grundidee aufgab. Was Ledermann störte, war der Zweifel, wie lange die Institution mitmachen würde, bis zu welcher Ausweitung des Projekts, und wie Toner reagieren würde, wenn ihm die Geldmittel eines Tages verweigert würden.

Aber eigentlich brauchte er sich keine Sorgen zu machen. Der Direktor war philosophisch genug veranlagt, um mit solchen Problemen fertig zu werden. Aber da der junge Mann das nicht wußte, beobachtete er seine Instrumente mit größerer Angst als sein Vorgesetzter.

Aber die grünen Lichter starrten, ohne zu flackern, zurück, als die Wellen sich im Raum ausbreiteten. Nichts Unvorhergesehenes geschah. Und die Uhr war das einzige der Instrumente, das eine Veränderung zeigte. Die Uhr und die beiden menschlichen Nervensysteme.

„Das Zeug hat Hoeys Empfänger erreicht", berichtete Ledermann. Toner nickte.

„Zum richtigen Zeitpunkt", war alles, was er sagte. Es genügte auch. Programm B konnte beginnen.

Die beiden Männer richteten sich auf und starrten noch gespannter auf ihre Kontrollsysteme, als die Lichter sich zu verändern begannen.

Gleichzeitig – und dieses Wort war noch nie in der Geschichte der Menschheit so zutreffend gewesen – begannen die elektromagnetischen Felder rund um die *Ymyrgar* und die *Anfforddus* zu wachsen.

Kein Feld war allein vollständig, aber ihre Interferenz würde das produzieren, was Ledermann als große Linse betrachtete. Die Analogie war geometrisch keine sehr zutreffende, ließ sich aber mit einem funktionellen Standpunkt entschuldigen. Die ionisierten Atome trieben langsam im Verhältnis zu den sie umgebenden Gasen, und wenn Toner recht hatte, mußten sie in ihren relativen Bewegungen von ihrer eigenen „optischen Achse" abweichen. So gesehen, war Toners Idee einfach genug. Das genaue System der Felder war allerdings äußerst kompliziert.

Jede „Linse" von den Serien, die das Programm bildeten, wurde von einem Meßsystem verfolgt, das dem von Programm A glich, so daß die individuellen Auswirkungen auf die Bewegungen der Nebelpartikel gemessen werden konnten. Im Prinzip war alles einfach...

„Die Intervalle scheinen zu stimmen", folgerte Ledermann aus seinem Kontrollsystem. „Vier Sekunden, plus oder minus ein Zehntel. Die Entfernung zwischen den Linsen ist okay, würde ich sagen."

„Wenn wir nicht zu großzügig waren, was den Brechungsindex der Nebel..."

„Darum kümmern sich automatisch die Original-A-

Messungen, wie ich dem Plan entnehme. Also beruhigen Sie sich, Boß."

„Schon gut. Sie reden ja auch lauter als sonst. Ich wünsche mir noch immer, man würde ein Kommunikationsmedium erfinden, mit dem man direkt sehen kann. Dann könnten wir *sehen*, ob sich alles richtig aufbaut, statt es vom Benehmen der Generatoren abzuleiten..."

„Vielleicht können wir das einmal. Ich bin konservativ. Ich finde mich noch immer mit dem Unschärfeprinzip ab. Selbst wenn wir irgend etwas mit dem Medium machen könnten, so daß es auch auf etwas anderes als auf einen Kommunikator-Kristall reagiert, so wette ich, daß es seine Nebenwirkungen auf die Dinge ausüben würde, die wir messen wollen."

„Aber... Dick! Was ist passiert?"

Ledermann wußte es auch nicht. Zumindest wußte er es nicht in dem Sinn, wie Toner es erwartete. Wie der Direktor, hatte er jedes Licht in seinem Kontrollsystem gesehen, bis auf das eine, das eine volle Sekunde lang in drohendem Rot die Veränderung anzeigte. Wenn die beiden Männer gerade in dieser Sekunde nicht hingesehen hätten, dann hätten sie gar nicht erfahren, daß irgend etwas nicht gestimmt hatte. Denn nach dieser Sekunde waren alle Lichter wieder wie vorher.

Der erste Gedanke, der ihnen beiden kam, war, daß irgend etwas mit den Stromkreisen der Kontrolltafeln passiert sein mußte. Der zweite, daß irgend etwas in ihren eigenen Nervensystemen vorgefallen sein mußte. Nachdem sie drei Sekunden lang auf Testschalter gedrückt hatten, schien die erste Möglichkeit ausgeschlossen zu sein. Und da sie beide dasselbe gesehen hatten, stand auch die zweite ganz unten auf der Wahrscheinlichkeitsliste.

Toner runzelte die Stirn und sprach sehr langsam.

„Wenn ich das rote Licht richtig deute, so muß in beiden Schiffen die Apparatur, die die Programmstrahlen aussendet, für eine Sekunde ausgefallen sein und dann sofort wieder fehlerfrei gearbeitet haben. Das würde bedeuten, daß wir im Wellenmuster eine Lücke von etwa dreihunderttausend Kilometern haben – an jedem Ende –, und diese Lücken werden in einer halben Stunde aufeinandertreffen. Überlegen wir einmal – welche Wirkung hätte das auf die Linsen?“

„Wenn Sie das im Kopf ausrechnen können, besonders mit nur geschätzten Zeitdaten, dann hätten Sie auf das ganze Experiment verzichten können. Das kann man auch nicht genauer vorhersagen als die Anzahl von Köpfen bei meinen nächsten hunderttausend Münzwürfen.“

„Das stimmt.“ Für einen Mann, dessen Arbeit einen so empfindlichen Schlag erlitten hatte, wirkte Toner bemerkenswert ruhig. „Das bedeutet also, daß wir unsere Generatoren abschalten, unsere Wellenmuster in den Raum fliegen lassen und noch einmal anfangen können.“

„Wir müssen noch mehr als das tun. Das Gas in diesem Gebiet wurde wahrscheinlich von dem Wellenteil von B, der bereits hinausgegangen ist, angegriffen. Wir müssen die Schiffe in eine andere Region dirigieren und noch einmal von vorn anfangen. Aber wäre es nicht besser, das Programm ablaufen zu lassen? Wir wissen nicht wirklich, ob die Generatoren zu arbeiten aufgehört haben. Ob wir nun die Stromkreise testen oder nicht, mir fällt es leichter zu glauben, daß irgend etwas im Kontrollsystem schiefgelaufen ist, als daß eine ganze Anlage von Generatoren plötzlich und gleichzeitig ausgesetzt haben soll und ebenso plötzlich und gleichzeitig wieder zu funktionieren anfing. Wenn wir alles laufen lassen, so wird das Schlimmste sein, was uns passieren kann, daß wir ein paar Stunden verlieren – und wir müssen nicht noch einmal von vorn beginnen, wenn alles okay ist.“

„Sie haben teilweise recht. Wenn wir das Programm

ablaufen lassen, wird es uns nicht allzu viel Zeit kosten. Aber wir müssen ohnehin alles neu machen. Wir könnten nicht sagen, ob der erste Programmablauf wirklich in Ordnung war, solange wir nicht die Daten auswerten können, und das können wir hier nicht tun. Wir müssen also alles zum zweitenmal machen."

Ledermann nickte langsam.

Hoeys Reaktion war ein paar Stunden später etwas eindrucksvoller. Er und Luisi feierten ihre Befreiung mit einem improvisierten Lied, als Toner ihnen so schonend wie möglich die Neuigkeit beibrachte, daß man mit der ganzen Sache noch einmal von vorn beginnen würde.

Er wickelte diese Information in Schmeicheleien und verlieh seiner Stimme alle Liebenswürdigkeit, deren er fähig war. Und er versüßte die unangenehme Botschaft mit einer respektablen Gehaltserhöhung. Aber keiner der Piloten war imstande, die Nachricht mit philosophischer Ruhe zu akzeptieren. Sechzig Stunden später, als die Schiffe sich erneut von der *Holiad* entfernten, waren sie noch immer sichtlich verärgert.

Sie beruhigten sich wieder, während die Meßlinien festgesetzt wurden. Ihre frühere Praxis mochte ihnen sehr geholfen haben, denn sie brauchten nur neunzig Minuten, um ihre kleinen Schiffe in die richtige Relation zueinender zu bringen.

„Wir sind soweit, Doc!" Hoeys Stimme klang beinahe jubelnd. Toner, der inzwischen ziemlich überzeugt davon war, daß beim erstenmal ohnehin alles ordnungsgemäß verlaufen war, konnte ebenso gut gelaunt antworten.

„Gute Arbeit – das ging ja sehr schnell. Ich werde jetzt die A-Messungen einstellen. Wie weit seid ihr etwa von der Stelle entfernt, an der wir zum erstenmal mit dem Programm begonnen haben?"

„Ein paar Flugstunden, würde ich sagen. Wir haben es

nicht genau festgestellt. Sie sagten ja nicht, daß das notwendig sei."

„Ist es auch nicht. Entspannt euch."

„Okay, Boß. Bringen Sie die Dinge ins Rollen."

„Sie rollen bereits."

Sogar in der ruhigeren Atmosphäre des zweiten Ablaufs steigerte sich die Spannung ein wenig, während Programm A abgewickelt wurde. Obwohl dieser Teil des Projekts beim erstenmal ohne erkennbaren Fehler abgelaufen war, konnte man nicht wissen, ob die mögliche unbekannte Fehlerquelle bei Programm B nicht noch immer existierte.

Natürlich konnte es so sein. Die Programme waren verschieden – und das Wort „unbekannt" war sicherlich ein Schlüsselwort. Niemand konnte ganz sicher sein – noch nicht.

Toner und Ledermann kannten freilich die genaue Sekunde, in der die Unterbrechung des Programms B - wenn es wirklich eine gewesen war – stattgefunden hatte. Hoey und Luisi kannten sie beinahe genauso gut von Toners Bericht her. Alle vier beobachteten die Uhren. Vielleicht lag es an der Spannung, die die Uhrzeiger in ihnen hervorriefen, vielleicht auch nicht. Danach wußte es keiner genau zu sagen. Was immer auch die Ursache war, sechs Sekunden vor dem kritischen Moment, als beide Wissenschaftler ihre Armlehnen umklammerten und auf ihr Kontrollsystem starrten, mußte Hoey niesen.

Er nieste ziemlich laut, und die Tatsache, daß Toner es klar durch den Kommunikator hörte, half auch nicht, die Effekte zu verringern. Der Kopf des Piloten hatte auf der gepolsterten Stütze geruht, die ein Teil seines Sitzes war, in der Stellung, die er während des ganzen Experiments hätte beibehalten sollen. Die Zuckungen der Muskeln während des Niesens ließen seinen Kopf um etwa zwanzig Zentimeter herabsinken.

Die *Anfforddus* wog etwa eine Million mal so viel wie Hoeys Kopf, so daß ihr Mittelpunkt sich etwa nur um ein Millionstel bewegte, was etwa den fünfzigsten Teil eines Mikrons ausmachte. Die Tatsache, daß dies innerhalb der Toleranzgrenzen des Experiments lag, dämmerte Toner nicht sofort. Unter anderen Umständen hätte er es wahrscheinlich in Sekundenschnelle erkannt, aber jetzt war seine Reaktion mehr ein Reflex als eine bewußte Handlung. Er benahm sich wie ein überzeugter Antivivisektionist, vor dessen Augen man ein mechanisches Herz in einem Hund ausprobierte. Er explodierte. Er sprang auf – und bewegte sich viel spürbarer als Hoey, obwohl es glücklicherweise keine Rolle spielte, ob die *Holiad* sich bewegte oder nicht. Er begann auch zu reden, wenn es auch ungewiß ist, was er sagte. Ledermann löschte diesen Teil vom Tonband. Der jüngere Mann brauchte etwa dreißig Sekunden, um seinen Vorgesetzten so weit zu beruhigen, daß er vernünftigen Argumenten zugänglich war, und weitere fünfzehn Sekunden, bis er diese Argumente begriff. Nach fünf Sekunden hatte Toner dann seine Beherrschung wiedergewonnen und begann sich bei Hoey zu entschuldigen.

Aber Hoey hörte die Entschuldigung wahrscheinlich nicht.

In den rund fünfzig Sekunden, die seit seinem Niesen verstrichen waren, hatte die Strahlung von seinem Schiff etwa fünfzehn Millionen Kilometer zurückgelegt. Das war leicht festzustellen. Und diese Tatsache konnte vielleicht nützlich sein, obwohl niemand daran dachte, sie zu verwerten.

Das Problem war natürlich, daß man nicht genau feststellen konnte, ob das Niesen eine bedeutende Änderung in das Strahlenmuster brachte, das die *Anfforddus* aussandte. Man konnte es schon deshalb nicht feststellen, weil niemand wußte, wie groß eine Änderung sein mußte, um bedeutend zu sein.

Toner hatte gerade wieder begonnen, in normalem Ton zu sprechen, als Ledermann einen überraschten Schrei ausstieß. Und der Direktor, der seine gesamte Aufmerksamkeit dem Kommunikator zuwandte, blickte wieder zum Kontrollpult zurück.

Die Lichter waren ausgegangen. Nichts. Und auch der Bildschirm des Kommunikators zeigte nichts, als er ihn wieder anstarrte. Und genauso war es mit Ledermanns Kontrollsystem.

Hundert Sekunden später, nachdem sich wiederholte Rufe an die beiden kleinen Schiffe als zwecklos erwiesen hatten, versetzte der Kapitän der *Holiad* das Schiff in Fahrt. Vier oder fünf Sekunden später, etwa ein Hundertstel eines Parsek von der Stelle entfernt, an der es gelegen hatte, hielt das Forschungsschiff wieder an. Wahrscheinlich war es ein paar zehntausend Kilometer von Hoeys Schiff entfernt, aber weder mit dem bloßen Auge noch mit Hilfe der Instrumente konnte man ein Anzeichen des kleines Schiffes entdecken.

Die Rufe blieben weiterhin unbeantwortet. Suchschiffe flogen aus, mit Ortungsinstrumenten und Rettungsausrüstung. Auch ihnen antwortete Hoey nicht. Kein einziges Partikel aus fester Materie konnte innerhalb von Lichtminuten im Umkreis der vorherigen Positionen der beiden Schiffe gefunden werden. Und später, als die Raumproben auf Rhyddid untersucht wurden, stellte man den ziemlich hohen Gehalt von Aluminiumatomen in der betreffenden Raumregion fest.

Natürlich mußte auch das nicht unbedingt ein signifikantes Faktum sein.

„Also, wer war das?" Die Frage kam mit grollender Stimme. Der Sergeant erhielt nicht sofort Antwort. „Nun? Wer war das? Es kam genau von der Stelle, an der Sie jetzt sein sollen, VA741. Waren Sie das?"

„Ich – ich glaube."

„Sie *glauben* es? Ein Soldat stößt einen Schrei aus, der entlang der halben Spirale gehört werden kann, und dann *glaubt* er nur, daß er es war?"

„Ich war es, ich – ich..."

„Sie waren es also. Nun ja, wenigstens haben Sie das Glauben aufgegeben. Und warum haben Sie geschrien? Sie wissen doch, warum wir hier sind."

„Ja, Sergeant."

„Sie wissen auch, was wir hier tun?"

„Ja, Sergeant."

„Bis jetzt haben Sie auch gut mitgearbeitet."

„Ja, Sergeant."

„Und Sie wissen auch, warum wir das Zeug zusammenschaufeln?"

„Ja, Sergeant. Um den Weg freizumachen für..."

„Halten Sie den Mund! Was kann uns der Weg nützen, wenn die Flickers ihn finden, bevor unsere Jungs Gelegenheit haben, durchzukommen?"

„Wahrscheinlich nicht viel, nehme ich an, Sergeant."

„Sie nehmen an. Nun, ich glaube, ich sollte froh sein, daß sogar Sie das begriffen haben. Jetzt, nachdem Sie wie ein Kleinkind gebrüllt haben, wie lange wird es Ihrer Meinung nach dauern, bis ein Spähschiff der Flickers in dieser Gegend herumfliegt?"

„Das weiß ich nicht, Sergeant."

„Ich weiß es auch nicht, aber es würde mich sehr überraschen, wenn wir vorher noch ein Hundertstel des Weges rund um die Spirale zurücklegen könnten. Wenn es möglich wäre, schneller als die Strahlung zu fliegen, dann könnten Sie sie schon erwischen, ehe Sie ein weiteres Kubikparsek freigelegt haben."

„Sie können so oder so auftauchen. Jetzt kann man es allerdings noch nicht wissen."

„Das, Soldat, ist der einzige Grund, warum Sie nicht

schon jetzt unter formeller Anklage stehen. Wenn wir demnächst entdeckt werden – sagen wir, bevor die Wolke, die Sie gerade zusammenwischen, zu strahlen beginnt –, dann nehme ich an, daß es nicht Ihre Schuld war. Aber wenn wir danach aufgestöbert werden, wenn Ihr Geschrei sich ein paar hundert Parsek weit ausgebreitet hat, dann sind Sie dran. Was habe ich nur verbrochen, daß ich mit so einem…"

„Aber Sergeant! Ich konnte nichts dafür. Etwas hat mich gebissen."

„So, etwas hat Sie gebissen. Dann lassen Sie sich eben beißen! Seit wann…"

„Aber ich konnte wirklich nichts dafür. Es geschah etwas mit meinen Muskeln, und ich zuckte so zusammen, daß ich dachte, man müsse mich auf jeden Fall sehen. Aber dann entspannte ich mich und nahm eine Pille. Ich weiß, wie wichtig es ist, keine Störung zu verursachen. Das Gefühl verschwand für einen Moment, aber dann kam es verstärkt wieder, und bevor ich ein weiteres Beruhigungsmittel nehmen konnte, hatte ich überall Krämpfe. Ich konnte nicht anders, als einen kleinen Schrei auszustoßen…"

„Klein? Er war laut genug, um… Aber lassen wir das. Ich hoffe, Sie können vorzeigen, was Sie gebissen hat. Das mag Ihnen vor Gericht helfen. Alles, was einen Soldaten um seine Selbstkontrolle bringen kann, könnte sich als brauchbare Waffe erweisen. Wenn wir mehr von den Dingern züchten könnten, die Sie gebissen haben. Sehen Sie zu, daß Sie eines davon fangen, ohne allzu großen Lärm zu machen."

„Ich fürchte, da habe ich nicht rechtzeitig daran gedacht, Sarge. Wir werden niemals so ein Ding fangen. Das Ganze war nur ein Reflex, und es tut mir sehr leid, aber ich zerquetschte das Ding, ohne zu überlegen."

Sergeanten sind manchmal dafür bekannt, daß sie einen gewissen Hang zur Rhetorik haben. Dieser Sergeant, DA6641 von der 44. Kompanie des 626. Aufklärungsbataillons der Republik Whilth bildet keine Ausnahme.

Wenn er nicht so vorsichtig gewesen wäre, für seine Ausführungen nur kurze Strahlungen zu verwenden, so hätte man sie bis nach Whilth hören können, das im solnächsten Spiralenarm der Milchstraße liegt. Aber sogar die kurzen Wellen hätten eine Reaktion der Instrumente in der *Holiad* hervorrufen können. Aber natürlich existierte die *Holiad* nicht mehr.

Lange, bevor der unglückliche VA741 sich darüber klar geworden war, welch ein miserabler Soldat er war, hatten Dick Ledermann und Elvin Toner das Zeitliche gesegnet. Wegen Altersschwäche.

DER MECHANIKER

Wenn die *Haifisch* träge dahintrieb, machte sie ihrem Namen wenig Ehre, sondern wirkte eher wie ein Rochen. Aber jetzt, auf hoher Kreuzfahrt, glich sie einem fliegenden Fisch. Sie ragte völlig aus dem Wasser, bis auf die vier Streben, die ihre Schwimmer trugen. Die Propeller drehten sich so hoch über die Wasserfläche, daß sie kaum Spritzwasser erzeugten. Ein kreisender Monitorsatellit hätte das Schiff aus hundert Meilen Entfernung sehen können, da sein Doppelrumpf mit einem lebhaft fluoreszierenden Muster in Rot und Gelb bemalt war. Aber die *Haifisch* produzierte so wenig Kielwasser, daß ein solcher Beobachter nicht die Geschwindigkeit von fast fünfundsechzig Knoten hätte feststellen können, mit der die Maschine über das Wasser glitt.

Chester V. Winkle saß auf der Backbordseite, und seine Finger ruhten leicht auf den Druckschaltern. Er blickte nach vorn, obwohl er wußte, daß er seinen Augen allein nicht trauen durfte. Der Großteil seiner Aufmerksamkeit galt der Stimme des kleineren Mannes, der vier Fuß von ihm entfernt zu seiner Rechten saß, hinter dem anderen „Auge“ des Schiffes. Yoshii Ishihara sah nicht hinaus. Seine Blicke waren unverwandt auf das Unterwasser-Schallmeßgerät gerichtet, das bei ihrer gegenwärtigen Geschwindigkeit als einziges zwischen der *Haifisch* und einer Katastrophe stand, zwischen den Eisbergen und den Zeowalen der Labrador See.

„Zweiundzwanzig Wale, etwa vierzehntausend Meter bis zu der Mitte der Gruppe.“

„Wohin schwimmen Sie?“ Winkle wußte, daß die Frage überflüssig war. Wenn eine Kursänderung erforderlich gewesen wäre, hätte Ishihara es gesagt.

„In unsere Richtung, für zweiunddreißighundert Meter. Dann zweiundzwanzig Strich Steuerbord. Da ist Eis im Weg.“

„Gut. Gibt es weitere Daten über die Objekte?“

„Nein. Wir werden sie leichter bekommen, wenn wir anhalten, und wir werden wenig Zeit verlieren, wenn wir warten. Vier von den zweiundzwanzig lassen sich treiben. Seien Sie bereit für die Kursänderung.“

„Ich warte nur auf Ihre Angaben.“

Etwa eine Minute herrschte Schweigen, dann sagte Ishihara: „Steuerbord zehn.“

„Steuerbord zehn.“ Die Schwimmer an den Bugstreben der *Haifisch* tauchten tiefer unter Wasser, als Winkle auf den Knopf drückte, aber der Rumpf blieb etwa auf gleicher Ebene. Die Kompaßnadel bewegte sich rasch über zehn Grade hinweg. Als sie den zehnten erreichte, sagte Ishihara, ohne von seiner Skala aufzublicken: „Halt.“

„Okay“, erwiderte der Kommandant.

„Jetzt noch zwölf nach Steuerbord.“

Wieder schwang die *Haifisch* herum und behielt dann den neuen Kurs bei.

„Jetzt ist unser Weg frei“, sagte Ishihara. „In fünf Minuten die Maschinen zurücknehmen.“

Trotz seiner Versicherung, daß der Weg frei sei, blickte Ishihara nicht von seinem Instrument auf. Solange die *Haifisch* unterwegs war, ließ seine Pflichtauffassung keine Unaufmerksamkeit zu. Auch Winkle, obwohl sein schläfriges Aussehen eine ständige Zielscheibe schlechter Witze war, blickte aufmerksam nach vorn, um rechtzeitig Hindernisse zu erkennen. Er konnte mehrere Eisberge sehen. Aber keiner lag direkt im Weg des Schiffes, und Winkles Finger bewegten sich nicht, bis sein Zweiter Offizier das erwartete Signal gab.

Dann verstummte das Wimmern der Turbinen allmählich, und die breite Form der *Haifisch* sank in die Dünung hinab. Der Rumpf setzte sanft auf der Wasserfläche auf, und das Schiff stoppte. Und zwanzig Fuß hinter der Kommandokabine warteten die vier restlichen Mitglieder angespannt auf den Befehl zur Aktion.

„Langsam genug, um die Daten zu lesen?“ fragte Winkle.

„Ja, Sir. Die Suchsignale gehen gerade hinaus. Innerhalb der nächsten dreißig Sekunden werde ich zählen können.“ Ishihara machte eine Pause. „Einer der vier Drifter treibt jetzt auf uns zu. Aber ich sehe keine Reaktion der anderen.“

„Welcher der Drifter ist uns am nächsten?“

„Da ist einer fünfzehnhundert Meter weit weg, genau Backbord.“

Winkles Finger bewegten sich wieder. Die Turbinen, die die großen Luftschrauben antrieben, blieben still, aber Wasserdüsen schwangen das Schiff in die angezeigte Richtung. Langsam fuhr die *Haifisch* auf das treibende Tier zu. Winkle rief über die Schulter einen Befehl.

„Kran und Taucher einsatzbereit! Die Klappe ist entsichert. Erwarte Kontakt in fünf Minuten."

„Kran bereit", berichtete Dandridge mit tiefer Stimme, während er sein Schachbrett beiseite schleuderte und auf einen Schalter drückte. Mancini, der ihm am Schachbrett gegenübergesessen hatte, eilte weiter nach hinten ins Laboratorium, das mehr als die Hälfte des bewohnbaren Teiles der *Haifisch* für sich in Anspruch nahm. Er sagte nichts, da an ihn kein Befehl ergangen war, und er rührte keinen Finger, um einen seiner Apparate einzuschalten, solange das Schiff in Bewegung war.

„Taucher bereit", sagte Farrell, nachdem er und sein Assistent überprüft hatten, ob Sichtfenster und Luftauslaßventile ihrer Taucheranzüge in Ordnung waren. Sie hatten sich bereits für das arktische Wasser gekleidet. Zu beiden Seiten des rotbemalten Decks nahmen sie ihre Plätze ein, gleich vor dem Laoboratorium, das sich hinter der Hauptluke befand. Dandridge blickte auf, überzeugte sich, daß niemand auf der Klappe stand, und öffnete sie durch einen Druck auf einen Schalter seiner Kontrolltafel. Ihre Hälften glitten auseinander und enthüllten die eisgrüne Flüssigkeit, die den Doppelrumpf umspülte. Bei der gegenwärtigen Geschwindigkeit der *Haifisch* verdrängte das Schiff so viel Wasser, daß es bis etwa vier Meter unterhalb der Klappe reichte. Farell blickte in das Wasser hinab. Sein jüngerer Assistent bückte sich und sah durch die Öffnung.

Ishiharas Stimme konnte den Wind, der durch die geöffnete Klappe blies, kaum übertönen. Nur gelegentlich drangen Worte zu den Tauchern.

„Sechshundert... Los... Vier... Drei..."

„Ich sehe ihn", unterbrach ihn Winkle. „Ich nehme ihn." Wieder rief er über die Schulter. „Farrell... Stubbs... Wir kommen zu einem. In einer Minute werdet ihr ihn sehen. Ich sage euch, wenn ich ihn unter dem Bug habe."

„Ja, Sir“, erwiderte Farrell. „Siehst du ihn schon, Rick?“

„Noch nicht. Nur Quallen.“

„Fünfzig Meter“, rief Captain. „Jetzt dreißig.“ Er drosselte die Wasserdüsen noch weiter. „Zwanzig.“

„Ich sehe ihn!“ rief Stubbs.

„Gut“, erwiderte der Kapitän. „Zehn Meter. Fünf. Er ist direkt unter mir. Ich habe ihn verloren. Taucher!“

„Etwa fünf Meter, Sir. Jetzt im Totpunkt... Vier... Drei... Zwei... Okay, er ist direkt unter der Klappe. Magnetgreifer bereit, Gil?“

Der Magnetkran hing direkt über der Klappe, Dandridge war also bereit. Aber Winkle nicht.

„Halt! Laßt ihn noch nicht herab. Stubbs, beobachten Sie den Fisch. Treiben wir?“

„Ein wenig, Sir. Der Fisch treibt ein wenig nach Backbord... Jetzt haben Sie das Schiff gestoppt – ja, jetzt.“

„Ziemlicher Wind“, bemerkte der Kapitän, während er seinen Finger vom Kontrollknopf der Wasserdüsen nahm. „Okay, schnappt ihn.“

„Glaubst du, daß es mit dem Magneten klappt, Marco?“ fragte Dandridge. „Dieser Wal sieht mir ziemlich komisch aus.“

Der Mechaniker trat zu den Tauchern und zu Dandridge an die Öffnung und blickte auf ihr schwimmendes Problem hinab.

Auf den ersten Blick sah der „Wal“ ganz gewöhnlich aus. Er war etwa zwei Meter lang und perfekt wie eine Zigarre geformt, bis auf die Stelle, wo der Einlaßring etwa vierzig Zentimeter hinter der Nase endete. Die Auslaßöffnungen, die sich etwa ebenso weit vom Schwanz entfernt befanden, waren kaum sichtbar, da sie einfache Löcher in der dunkelgrauen Haut waren. Überhaupt konnte man wenige Einzelheiten erkennen. Der ganze Organismus war mit einer braunen, schleimartigen Masse überzogen, einer Masse von Fasern, die einem verschimmelten Seehundsfell glichen.

„Irgendwo hat er das aufgeschnappt“, sagte Mancini. „Aber ich sehe nicht ein, warum eure Magnete nicht funktionieren sollten. Oder habt ihr Angst, daß ihr sie schmutzig macht?“

„Also gut. Laß die Leiter ’runter und steuere die Magnete, Rick.“ Dandridge ließ eine leichte Aluminiumleiter aus dem Bugstück der Klappe ausfahren. Dann drückte er auf einen anderen Schalter, und die Greifer senkten sich langsam herab. Stubbs hakte sich an der untersten Sprosse der Leiter fest, und mit beiden Händen hielt er die Masse gleitenden Metalls fest. Die *Haifisch* schwankte ein wenig in der Dünung, und die achtzig Pfund von Elektromagneten und angeschlossenen Drähten benahmen sich etwas rebellisch. Der jüngste Mann der Crew und der einzige Nicht-Spezialist – er absolvierte seine beiden Arbeitsjahre, die einer höheren Ausbildung vorausgingen – hatte seinen Anteil an der schmutzigen Arbeit zu tragen. Aber er beklagte sich nicht.

„Langsamer – langsamer – zwanzig Zentimeter, zehn… Halt jetzt an! Noch ein klein wenig tiefer – okay!“ Dandridge folgte den Instruktionen, speiste die Magnete mit Strom und wollte die Apparatur wieder anheben.

„Warte!“ rief der Junge auf der Leiter. „Es hält nicht!“

Der Mechaniker reagierte blitzschnell.

„Bringt es trotzdem heraus!“ rief er. „Etwas von der Substanz klebt am Magneten. Ich möchte eine Probe haben.“

Stubbs wich zurück, als die schleimige Masse an ihm vorbeiglitt. Dandridge schnitt eine angeekelte Grimasse, als sie auf gleicher Höhe mit dem Deck war.

„Das könnt ihr gern haben“, bemerkte er.

Mancini gab keine Antwort und zeigte außer Interesse keine anderen Emotionen. Er war in sein Laboratorium gelaufen, während die Schleimmasse hochgezogen wurde, und kehrte jetzt mit einer Zweiliterflasche und dem größten Trichter, den er besaß, zurück.

„Ein bißchen weiter nach hinten“, sagte er kurz. „Das genügt. Wenn etwas danebengeht, dann ist es besser, wenn es ins Wasser fällt als auf das Deck.“ Die Greifer, die sich ein paar Zoll auf ihn zubewegt hatten, stoppten kurz vor dem hinteren Rand der Öffnung. Mancini stand gleichmütig davor, und der Wind zerrte an seinen Kleidern. Er hielt den Trichter und die Flasche unter die Magnete.

„Okay, Gil, laß es fallen.“ Dandridge gehorchte.

Der Großteil der Masse fiel gehorsam vom Greifer. Etwas davon landete im Trichter und glitt weiter in die Flasche. Etwas traf Mancinis ausgestreckten Arm, was ihn aber nicht im mindesten zu stören schien, und ein wenig tropfte auf das Deck, zu Dandridges sichtlichem Widerwillen. Aber das meiste fiel an Mancinis Arm vorbei ins Meer.

Der Mechaniker nahm etwas von der Masse von seinem Arm und rieb es zwischen Daumen und Zeigefinger.

„Körnig“, bemerkte er. „Die Magnete halten dieses Zeug fest, aber nicht das Skelett des Wales. Das bedeutet, daß der Großteil des Skeletts verschwunden sein muß, und ich wette, daß diese Körner magnetisch sind. Ich würde sogar einen Dollar wetten, daß diese Infektion von der alten 775-Fe-DE6-Kultur herrührt, die sich vor ein paar Jahren in Passamaquoddy selbständig machte. Ich werde es natürlich analysieren lassen, um sicherzugehen. Ich fürchte, die Taucher werden Schlingen benützen müssen, um den Fisch an Bord zu schaffen.“

„Rick, zuerst werde ich einmal die Magnete hinablassen, und du kannst sie im Wasser abwaschen. Dann werde ich die Schlingen holen, und ihr könnt sie um den Wal winden.“

„Okay, Sir. Ich warte.“

Als die Greifer wieder herabsanken, rief Dandridge dem Mechaniker, der gerade ins Laboratorium gehen wollte, nach: „Ich nehme an, der Wal ist ruiniert, wenn Sie mit der Infektion recht haben. Können wir da nicht Schadenersatz kassieren?“

Der Mechaniker schüttelte verneinend den Kopf. „Von DE kann man nicht kassieren. Die sind längst pleite. Außerdem entschieden die Gerichte schon vor einiger Zeit, daß einer Verletzung oder Zerstörung eines Stücks von Pseudoleben nur ein wiedergutzumachender Schaden sei, wenn es ein Originalmodell betrifft. Dieser Fisch ist ein Abkömmling von einem zehn Jahre alten Modell. Er wurde im Meer geboren. Wir haben ihn nicht gemacht und können auch keine Entschädigung verlangen.“

Er wandte sich der Tür des Laboratoriums zu und sagte noch über die Schulter: „Meine Annahme, daß diese Pest ein DE-Flüchtling ist, kann natürlich auch falsch sein. Man hat ein Virus entwickelt, ein paar Monate, nachdem die Kultur sich selbständig machte, und ich habe schon seit vier Jahren nichts mehr von einer Eiseninfektion gehört. Das kann natürlich eine Mutation einer solchen Infektion sein, aber genausogut kann es sich um etwas völlig Neues handeln.“

Er ging ins Laboratorium, setzte sich auf einen Stuhl und begann das Materiel, das sich in einer Flasche befand, in Dutzende von kleinen Behältern zu verteilen, die in die Analysatoren gefüttert werden sollten.

Stubbs hatte die Leiter verlassen und entfernte Schleim von den Greifern der Magnete. Das Zeug war nicht sehr dickflüssig, und die magnetischen Körner milderten das Ekelgefühl des Jungen ein wenig ab, das er normalerweise glitschigen Substanzen entgegenbrachte... Er konnte seine Aufgabe also rasch genug erledigen, um Dandridge zufriedenzustellen. Auf Ricks Ruf hin wurden die Greifer zurückgezogen. Ein paar Minuten später senkte sich der Kranarm wieder herab, mit ein paar Schlingen daran.

Stubbs war noch immer im Wasser, und Farrell war halb die Leiter herabgestiegen. Der Cheftaucher reichte das Kabel seinem jungen Assistenten, der es um den torpedoförmigen Körper des Wales legte.

Es war eine ziemlich schwierige Arbeit. Der Körper des Wales war noch immer schlüpfrig, da die Magnete nur einen geringen Teil des fremdartigen Wachstums von der Haut des Tieres entfernt hatten. Als der Junge die Riemen der Schlingen festziehen wollte, glitten sie ihm davon. Er bat um mehr Leine, wollte den Wal an einen Rumpf des Schiffes drücken, aber auch das gelang ihm nicht. Er war zu eigensinnig, um Hilfe zu erbitten, noch dazu, wo Farrell aus vollem Hals lachte.

„Reit ihn, Junge!" rief der Cheftaucher, als es Stubbs endlich gelungen war, die schlüpfrige Masse zwischen den Beinen einzuzwängen. „Jetzt hast du ihn besiegt!"

Die Arbeit war noch nicht vollendet, aber anscheinend war es Stubbs gelungen, eine Schlinge fest und sicher um das Vorderteil des Fisches zu legen.

„Anziehen!" rief er, ohne auf Farrells Bemerkung einzugehen.

Dandridge, der durch die Klappe hinabgeblickt hatte, begriff, was erforderlich war. Er griff zur Kontrolltafel, und das Kabel straffte sich.

„Das genügt!" rief Stubbs, als die Nase des Wales sich ein wenig aus dem Wasser zu heben begann. „Festhalten, bis ich ein anderes Seil befestigt habe, oder dieses hier rutscht wieder ab."

Gehorsam hörte der Kran zu surren auf. Da die Beweglichkeit des Wales nun etwas eingeengt war, konnte Stubbs die zweite Schlinge um den Schwanzteil des Fisches schneller festmachen. Endlich rief der junge Taucher ein wenig atemlos: „Hochziehen!" Langsam paddelte er zur Leiter zurück. Farrell reichte ihm eine Hand, und sie waren beinahe so schnell an Deck wie ihre Beute.

Dandridge schloß die Klappe, ohne auf entsprechende Befehle zu warten. Die Leiter hatte er unten gelassen. In den nächsten Minuten würde man noch mehr Wale aus dem Meer ziehen. Der Wind blies kalt. Stubbs achtete nicht darauf. Er hörte kaum das leise „achthundert Meter, sieben Strich Steuerbord", als er zur Tür von Mancinis Laboratorium ging. Der Job des Mechanikers faszinierte ihn viel mehr als der Job des Steuermanns.

Es fiel ihm natürlich nicht ein, einen Mann, der mit einer schwierigen Arbeit beschäftigt war, mit Fragen zu unterbrechen. Aber das war auch gar nicht nötig. Wie die meisten anderen Männer – nicht nur auf der *Haifisch*, sondern auch an Bord des Mutterschiffs – mochte Mancini das jüngste Mannschaftsmitglied gern und respektierte Ricks Pflichteifer und Fähigkeiten. Und wie jeder andere Professionelle war auch Mancini bestrebt, einen intelligenten Arbeitsrekruten für seinen Beruf zu begeistern, bevor er von einem anderen in Bann gezogen wurde. Und deshalb begann der Mechaniker sofort zu sprechen, als er die Anwesenheit des Jungen bemerkte. „Weißt du etwas über physikalische oder chemische Analysen, Rick?"

„Ein wenig. Ich kenne die meisten Ihrer Geräte – Ultrazentrifuge, chromatographisches und elektrophoretisches Zeug, NMR-Ausrüstung, und so weiter." Er zeigte auf eine zylindrische Maschine, die auf einem Regal stand. „Ist das eine Diffraktionskamera?"

„Gut geraten. Das ist eine Art Zwitter, den ein Freund von mir erfunden hat. Man kann das Gerät sowohl für elektronische Mikrofotografie benutzen als auch für Diffraktion. Aber damit solltest du dich erst später beschäftigen. Vorerst mußt du begreifen, daß ein Faktor der Analyse sich seit ihrem Bestehen nicht geändert hat. Man muß versuchen, einen Untersuchungsgegenstand in möglichst viele verschiedene homogene Bestandteile zu zerlegen, bevor man an die Feststellung der molekularen Zusammensetzung geht."

„So geht also jedes der kleinen Röhrchen, die Sie da füllen, durch die Zentrifuge, durch eine Lösung, durch Elektrophorese..."

„Für gewöhnlich schon, durch alle. In verschiedener Reihenfolge."

„Aber ich könnte mir vorstellen, daß Sie allein dadurch etwas herausfinden, wenn Sie ganz einfach den vollständigen, unbeschädigten Gegenstand betrachten. Tun Sie das nie?"

„Sicher. Das gute alte Mikroskop wird niemals von der Bildfläche verschwinden. Und es ist ja auch wertvoll, eine Maschine als Ganzes zu sehen. Es werden übrigens schon ein paar Aufnahmen fertig sein. Da drüben. Willst du die Bilder 'rausholen?"

Stubbs gehorchte. Mancini nahm das erste der Dias, schob es unter ein Objektiv und betrachtete es.

„Das dachte ich mir", grunzte er. „Da, schau selbst."

Stubbs legte ein Auge an das Instrument, drehte kurz an der feinen Einstellupe – er hatte die normale Grundausbildung im Umgang mit Instrumenten gehabt – und blickte sekundenlang hinein.

„Eine Masse lebender Zellen, die mir nicht viel sagen. Und viele kleine Oktaeder. Meinen Sie die?"

„Ja. Magnetkristalle. Aber wir werden uns trotzdem vergewissern." Der Mechaniker schob einen anderen Untersuchungsgegenstand auf die Mikroskop-Unterlagen und starrte durch die Linse. Stubbs erkannte einen Mikromanipulator, und er war nicht überrascht, als Mancini nach zwei Minuten schweigsamer Arbeit sich aufrichtete und einen kleinen Metallstreifen unter dem Objektiv hervorzog. Wahrscheinlich war einer der winzigen Kristalle auf dem Streifen befestigt.

Der Mechaniker wandte sich nun der Diffraktionskamera zu, steckte das Metallstück in eine Klammer, die sich daran befand, und drückte auf einen Knopf, der den Metallstreifen mitsamt dem Kristall in das Innere der

Kamera beförderte. Ein paar Augenblicke später begann eine Pumpe zu wimmern.

„Fünf Minuten dauert es, bis es im Vakuum ist“, bemerkte Mancini, „weitere fünf Minuten, bis alles aufgezeichnet ist. In der Zwischenzeit können wir uns genauso gut den Fisch ansehen. Sogar Betrachtungen mit bloßem Auge haben ihre gewissen Vorteile.“ Er stand auf, streckte sich und ging zu dem Tisch, auf dem der tote Pseudowal lag.

„Was weißt du von Zoologie, Rick? Kannst du den Typ bestimmen?“

„Ich glaube schon. Ich würde sagen, das war ein Kupferfresser, Modell 35. Er war etwa drei Jahre alt.“

„Gut. Du hast ziemlich recht. Ich nehme an, du hast viel gelesen.“

„Stimmt. Und der Shop der *Guppy* ist ein tolles Museum.“

„Wie wahr. Weißt du, wo sich bei diesem Modell die Zugangsregionen befinden?“

„Ich habe schon ein paar geöffnet gesehen, aber ich weiß nicht, ob ich sie selbst aufmachen kann.“

„In diesem Fall kann es wahrscheinlich nicht viel schaden, wenn du etwas falsch machst. Der ist bestimmt tot. Trotzdem, ich werde es dir zeigen. Besser, du siehst, wie es richtig gemacht wird.“ Die Schlingen waren von dem Fisch entfernt worden, nachdem man ihn auf den Tisch gelegt hatte. Nichts konnte also die Demonstration stören.

„Hier ist die Mittellinie, die am Rücken entlangführt, ihre Farbe ist nur ein wenig heller als alles andere. Beginne am Einlaßring und zähle acht Schuppen zurück, dann sechs auf jeder Seite herunter – siehst du, so. Dann kommst du an diesen Punkt – so – hier kannst du mit einem Skalpell den Hauptzugang öffnen.“ Er nahm ein Instrument von der Größe eines chirurgischen Skalpells, aber mit einer stumpfen, abgerundeten Schneide. Er stach damit in die bezeichnete Stelle. „Siehst du, es teilt sich schon bei ganz leichtem Druck, und du kannst den Schnitt bis fast zurück zu den

Auslaßöffnungen führen – so. Wenn das ein lebender Fisch wäre, so könnte man den Schnitt mit Dichtungsspray wieder schließen, und er würde ganz verheilen, nachdem der Fisch etwa eine Stunde im Wasser war. Aber dieser da – hm. Kein Wunder, daß er tot ist. Ich frage mich nur, was das für ein Zeug ist."

Die Bauchhöhle des Wales war mit schwarzer Gallertmasse gefüllt, die völlig anders aussah als die Schleimmasse, die seine Haut bedeckt hatte. Der Mechaniker steckte Sperrelevatoren in den Schnitt und begann, mit einem reichhaltigen Inventar von chirurgischen Instrumenten in der schwarzen Masse herumzustochern. Die Gefühle, die Stubbs' Magen beinahe genauso umdrehten, wie Mancini jetzt den Magen des Wales hin und her wandte, schienen letzteren dabei nicht zu bekümmern.

Bruchteile der inneren Maschinerie verteilten sich auf dem Tisch, ein weiterer Satz winziger Teströhrchen nahm Proben der schwarzen Gallertmasse auf und folgte seinen Vorgängern in die automatischen Analysatoren. Diese begannen zu winseln und zu summen, als sie mit der Arbeit an dem neuen Material begannen. Mit der ersten Ladung waren sie längst fertig, und Berge von Diagrammen und Zahlentabellen häuften sich in den einzelnen Ablieferungskörben und harrten der Aufmerksamkeit Mancinis. Er hatte sich nicht einmal die Zeit genommen, nachzusehen, ob seine Vermutung bezüglich der magnetischen Beschaffenheit der Kristalle zutraf.

Manche der Organe auf dem Tisch konnte Stubbs identifizieren. Bei jedem großen Tier ist ein Herz natürlich ein Herz, wenn es gut genug herausgetrennt worden war, um die Ventilstruktur zu zeigen. Ein vier Kilogramm schwerer Kupferklumpen war von der Fabrikabteilung ausgeschieden worden. Der Organismus hatte zumindest begonnen, seinen vorgesehenen Zweck zu erfüllen, bevor die Krankheit das Pseudolebewesen befallen hatte. Es hatte sich auch in anderen

Beziehungen normal entwickelt, wie ein fünfundzwanzig Zentimeter langer Embryo zeigte. Die Zeowale und ihre Familie vermehrten sich asexuell. Die Vielfalt der genetischen Variationen, die der biologische Vorteil der geschlechtlichen Vermehrung ist, war gerade das, was die Benützer der Pseudoorganismen nicht wünschten, zumindest, solange kein Faktor entwickelt wurde, der die Auswahl der geeignetsten Charakteristika gewährleistete.

Mancini verbrachte mehr als eine Stunde bei seiner ziemlich widerwärtigen Arbeit, bis er schließlich seine Geräte beiseite legte. Stubbs war nicht imstande gewesen, ihm die ganze Zeit zuzusehen, da die *Haifisch* zwei andere leblose Wale aufgefischt hatte und er seinen Job zu versehen hatte. Beide waren in derselben Art wie der erste Wal infiziert worden. Aber der Junge kehrte ins Laboratorium zurück, als die erste vorläufige Gesamtuntersuchung des ersten Wales beendet war. Auch Winkle war anwesend, da man keine weiteren Schritte planen konnte, bevor Mancini das Ergebnis seiner Forschungsarbeit bekanntgab.

„Das Skelett ist völlig verschwunden", begann der Mechaniker. „Sogar das Ungeborene trägt keine Spur von Metall in sich. Deshalb konnten die Magnete den Wal nicht halten. Bis jetzt hatte ich noch keine Zeit, mir die Ergebnisse der Analysen anzusehen, aber ich bin mir ziemlich sicher, daß die Gallertmasse in der Bauchhöhle und das schleimige Zeug an der Haut Teile derselben Lebensform sind und daß die Organismen das Metall aufgelöst haben. Vielleicht war das eine Mutation der ursprünglichen, eisenfressenden Pseudolebensformen. Nach seiner allgemeinen Zellformation zu schließen, war die genetische Form eine purinpyrimidin-nukleotide, die der natürlichen Lebensform ziemlich ähnlich..."

„Dann handelt es sich also um eine weitere ursprüngliche künstliche Form, die ausstirbt?" unterbrach ihn Winkle.

„Ich nehme es an. Ich habe ein wenig von dem nuklearen Material isoliert, aber ich muß den großen Analysator auf der *Guppy* benutzen, um ganz sicherzugehen."

„In der Nachbarschaft scheinen sich keine weiteren zerstörten Fische zu befinden. Brauchen Sie noch irgend ein anderes Material, bevor wir zurückkehren?"

„Nein. Was mich betrifft, so steht der Rückkehr nichts mehr im Weg – aber es wäre vielleicht eine ganz gute Idee, das Hauptschiff anzurufen, solange wir noch hier draußen sind, und zu fragen, ob noch andere Walherden eine Überprüfung benötigen."

„Selbst wenn das der Fall wäre, so könnten Sie in Ihrem Laboratorium keine weiteren Probemuster mehr unterbringen", stellte Winkle fest und starrte auf die überfüllten Tische.

„Das stimmt allerdings. Aber vielleicht gibt es etwas, bei dem keine Hauptuntersuchung nötig ist. Aber Sie sind der Kapitän, tun Sie, was Sie für richtig halten. Ich bin mit der Menge hier auf jeden Fall beschäftigt, bis wir auf der *Guppy* eintreffen, ob Sie nun geradewegs heimkehren oder nicht."

„Ich werde anrufen." Der Kapitän wandte sich ab und kehrte auf seine Station zurück.

„Ich frage mich, warum sie die ersten Pseudolebewesen mit Genbändern hergestellt haben, die den natürlichen so ähnlich sind", sagte Stubbs. „Man sollte doch annehmen, sie hätten voraussehen können, was Mutationen anrichten können und daß Organismen, die den echten Lebensformen zu ähnlich sind, Arten hervorbringen könnten, die sowohl uns als auch andere künstliche Formen mit Krankheiten anstekken."

„Daran haben Sie natürlich gedacht", erwiderte Mancini. „Diese Möglichkeit war ein Lieblingsthema der Gegner des gesamten Prozesses – zumindest der Gegner, die nicht von fanatischen religiösen Motiven bewegt wurden. Unglücklicherweise gab es keinen anderen Weg, die Sache zu entwickeln. Die ursprüngliche Forschung mußte natürlich mit dem beginnen, was du echtes Leben nennst. Das führte zu der Erkenntnis, daß zytosin-thymin-adenoid-guanine Viererformen des gewöhnlichen DNA kein System bilden konnten, das sich sowohl selbst wiederholen als auch die Synthese vom Aufbau der Polypeptide und Polysaccharide kontrollieren kann..."

„Aber ich dachte, es sei viel komplizierter. Da sind doch Phosphate und Zucker in der Entwicklungskette, und DNA und RNA..."

„Du hast ganz recht, aber ich wollte dir keine Chemielektion erteilen. Ich habe versucht, den historischen Gesichtspunkt darzustellen. Zuerst erkannte niemand, daß viele neben diesen vier Basen die genetische Arbeit erledigen konnten. Dann fand man heraus, daß eine ganze Menge natürlicher Lebensformen Abwandlungen dieser Basen in ihren Nukleotiden hatten, und allmählich wurden die Gründe, *warum* diese Strukturen oder besser gesagt ihre Potentialfelder polymer formende Eigenschaften haben, klar. Dann, und nur dann wurde es offensichtlich, daß ‚natürliche' Gene nicht die einzig möglichen sind. Sie sind nur ganz einfach die Gene, mit denen auf diesem Planeten alles begonnen hat. Es gibt so viele Möglichkeiten, Gene zu bilden, als es Möglichkeiten gibt, Gedichte zu schreiben – oder Flugzeuge zu bauen. Wie du sicher weißt, hat es sich zu einer sehr brauchbaren und angenehmen Technik entwickelt, die Kanäle eines synthetischen Zeolits als Rückgrat für genetische Bänder zu verwenden, wenn wir eine Maschine wachsen lassen wollen, wie die, die wir vorhin zerlegt haben. Es ist unhandlicher als das Phosphat-Zucker-Basisband, aber es ist viel stabiler. Nach wie vor ist es aber notwendig, daß man weiß, wie man mit den Realitäten zu arbeiten hat – trotz allem. Du weißt so gut wie ich, daß der Grund, warum du eine Lebenserwartung von etwa hundertfünfzig Jahren hast, darin zu suchen ist, daß dein besonderes Gensystem in einem halben Kubikmeter Zeolitmasse in Denver unter einer hübschen Aktennummer aufbewahrt wird..."

„026-18-5633", murmelte der Junge vor sich hin.

„... und jeder halbwegs kompetente Molekularmechaniker wie ich kann Ersatzteile wachsen lassen, wenn du sie brauchen solltest."

„Das weiß ich alles, aber es scheint mir immer noch gefährlich, herumzustochern und kleinere Veränderungen bei den gewöhnlichen Lebensformen vorzunehmen", erwiderte Rick. „Es muß etwa fünfzigtausend Leute wie Sie auf der Welt geben, die ein gefährliches Virus, einen Keim oder Pilz in ein paar Wochen Laboratoriums- und Computerarbeit zusammenbasteln können und die Dinge wie einen Eisenfresser produzieren, deren Mutation sich als gefährlich erweist."

„Es ist genauso gefährlich, daß sieben Milliarden Leute auf diesem Planeten leben, von denen praktisch jeder weiß, wie man ein Feuer entzündet", entgegnete Mancini. „Gefährlich oder nicht, es war nicht mehr möglich, von Watson oder Crick und der DNA-Struktur zu diesem Zeowal zu kommen, ohne diese Zwischenentwicklung, genauso, wie es unmöglich war, von den Brüdern Wright und ihrem Flugapparat zu unseren Zweistunden-Transatlantik-Jets ohne die Motoren von Ford zu gelangen. Wir haben das Wisssen, und es ist eine historische Tatsache, daß niemand Wissen zerstören kann, und da können wir es genauso gut gebrauchen. Und die Tatsache, daß so viele fähige Praktiker existieren, ist eine Absicherung, falls die Entwicklung einmal ein wenig außer Kontrolle geraten sollte."

Der Junge blickte nachdenklich vor sich hin.

„Da haben Sie irgendwie recht", sagte er langsam. „Aber mit all dem Wissen – warum nur hundertfünfzig Jahre? Warum können wir nicht bis in alle Ewigkeit leben?"

„Glaubst du, daß wir das sollten?“ fragte Mancini mit ernstem Gesicht.

Der Junge grinste.

„Weichen Sie mir nicht aus. Wenn Sie es könnten, würden Sie es auch tun – einige Leute würden es auf jeden Fall wollen. Warum können Sie es nicht?“

Mancini zuckte mit den Schultern.

„Viele hundert Millionen Leute kennen sicher die Regeln des Schachspiels.“ Er nickte zu Dandridge hinüber, der vor seiner Kontrolltafel saß. „Aber warum spielen nicht alle gleich gut? Du weißt doch, warum die Ärzte zögerten, Hormone zur Therapie zu verwenden, als diese in unbeschränktem Maß zur Verfügung zu stehen begannen?“

„Ich glaube schon. Wenn man jemandem Cortison gibt, so kann das zwar die gewünschte Wirkung erzielen, aber es kann genausogut andere Drüsen anregen oder ihre Arbeit hemmen, was den Haushalt anderer Hormone gefährden würde, und das wieder... Nun, es wäre eben eine Kettenreaktion ohne absehbares Ende.“

„Ganz richtig. Und mit den Genen herumzuexperimentieren, das würde ähnliche Ergebnisse bringen, wenn nicht noch schlimmere. Wenn du durch einen Unfall die Beine verlörest, so könnte ich hier und jetzt dein Gensystem so manipulieren, daß dir neue Beine wachsen. Aber gleichzeitig besteht das Risiko, andere Dinge in deinem System zu gefährden. Genauer gesagt, ich müßte gewisse Einschränkungen in deinem Zellteilungskontrollmechanismus vornehmen, wenn die Beine lange genug sind, um ihr Wachstum zu stoppen – und dann passiert das gleiche, was durch natürlichen Zufall bei Krebskranken geschieht. Wahrscheinlich würde ich alle unangenehmen Nebeneffekte ausschalten können, da du erst neunzehn Jahre alt bist und noch prächtig stabil, wie wir es nennen. Wenn du älter wirst und immer mehr Faktoren diese

Stabilität beeinträchtigen, wird es schon schwieriger. Und die Störfaktoren vermehren sich von Jahr zu Jahr.

Du wurdest mit einer ausreichend starken Stabilitätsreserve geboren, um ein paar Dekaden ohne biochemische Eingriffe leben zu können, sogar bis neunzig. Aber wenn wir unser Wissen einsetzen, können wir das Spiel noch länger spielen. Aber früher oder später müssen wir das Handtuch werfen. Nicht, daß wir nicht die Spielregeln kennen würden. Betrachten wir noch einmal die Analogie mit dem Schachspiel. Es sind einfach zu viele Figuren auf dem Brett, als daß wir alle auf einmal genau beobachten könnten."

Stubbs schüttelte den Kopf.

„In dieser Weise habe ich mir das noch nie überlegt. Mir erschien das immer wie eine simple Reparatur, und ich konnte nicht einsehen, warum das so schwierig sein sollte."

Mancini grinste.

„Da läßt deine ausgezeichnete Grundschulbildung eben doch zu wünschen übrig. Nun, es dauert noch ein paar Stunden, bis wir bei der *Guppy* eintreffen, und rund um uns laufen einige Analysen. Wenn ich diese Analysen in Worte kleide, die du verstehen kannst, wirst du vielleicht lernen, warum das Spiel so unkompliziert ist, bevor wir die *Guppy* erreichen. Und vielleicht..." Sein Gesicht wurde ernst. „Vielleicht wirst du auch verstehen, warum das Spiel so viel Spaß macht, obwohl wir letzten Endes doch die Verlierer sind. Es ist nicht nur, daß unser Leben auf dem Spiel steht. Die Menschheit spielt dieses Spiel schon seit etwa zwei Millionen Jahren, und noch immer leben eine Menge Leute. Komm jetzt."

Er wandte sich dem Tisch zu, auf den die verschiedenen Analysatoren ihre Resultate gehäuft hatten. Und da Stubbs über umfangreiche Grundkenntnisse der Mathematik und der Chemie verfügte, konnten sie sich in den Termina der Kürzel der wissenschaftlichen Sprache unterhalten. Sie achteten nicht darauf, als die Hauptturbinen der *Haifisch* beschleunigten und das Schiff sich seinen Weg zwischen den Eisbergen hindurch aus der Gegend suchte, in der die Zeowale Metall sammelten.

Als Winkle das offene Meer erreicht und Ishihara ihm den Weg für volle Fahrt freigegeben hatte, hatten die anderen vier jeden Kontakt mit der Außenwelt verloren. Dandridge spielte mit Farrell Schach, der Molekularmechaniker und sein angehender Lehrling waren in eine Aufgabe vertieft, die ebenso schwierig war wie etwa die, einem Vierzig-Mann-Orchester zu erklären, wie man „Aida" von der Ouvertüre bis zum Schlußakkord ohne Notenvorlage spielt. Und im Vergleich dazu waren Stubbs' mathematische Kenntnisse nicht weiter gediehen, als hätte er gerade die Tonleiter gelernt.

Nichts konnte die Spieler von ihren Spielen ablenken. Der Wind war etwas stärker geworden, aber die Dünung hatte sich kaum verstärkt. Als die *Haifisch* auf ihren Wasserdünen dahinglitt, wurden nur minimale Erschütterungen erzeugt, wenn die Streben die Wellen durchschnitten. Die Sonne stand hoch am beinahe wolkenlosen Himmel. Sowohl die visuelle als auch die sonare Führungstechnik funktionierte ausgezeichnet.

Die *Guppy* lag etwa zweihundert Kilometer weiter südlich, weit außerhalb der Reichweite des Sonars. Noch vier weitere Boote der *Guppy* befanden sich auf Dienstfahrt, und gelegentlich wechselte Winkle ein paar Worte mit ihren Kommandanten. Aber keiner hatte etwas wirklich Wichtiges zu sagen. Die oberflächliche Konversation war eine Gewohnheitssache, nur um sich zu vergewissern, daß alles in Ordnung und jedermann auf seinem Posten war. Kein Pilot, weder in der Luft, zu Wasser oder unter Wasser maß dem Sprichwort, daß keine Neuigkeiten gute Neuigkeiten sind, viel Bedeutung bei.

Es wurde lange darüber diskutiert, wen dann die Schuld an der Unterbrechung dieses Idylls traf. Gewiß hatte Mancini dem Kapitän in großen Zügen seine Vermutung über die Pest dargelegt, die ihren ersten Zeowal getötet hatte. Aber ebenso gewiß hatte er es versäumt, die Bestätigung dieser Vermutung zu berichten, nachdem er mit Stubbs die Laboratoriumsresultate durchgegangen war. Winkle selbst fragte nicht nach einer solchen Bestätigung – es bestand auch kein besonderer Grund, warum er es hätte tun sollen, und wenn er es getan hätte, so fällt es schwer zu glauben, daß er all die Folgen erkannt hätte oder fähig gewesen wäre, etwas dagegen zu unternehmen. Die Tatsache bleibt bestehen, daß jeder, angefangen bei Kapitän Winkle, der an der Spitze der Kommandoleiter stand, bis zu Stubbs, der die unterste Sprosse einnahm, völlig überrascht wurde, als die hintere Steuerbordstrebe mitsamt dem Schwimmer fein säuberlich direkt unterhalb der Wasseroberfläche durchtrennt wurde.

Bei fünfundsechzig Knoten konnten keine menschlichen Reflexe mit der Situation fertig werden. Die elektronischen versuchten es, aber die mechanische Struktur des Schiffes war nicht darauf eingerichtet, den Verlust eines Schwimmers auszugleichen. Als die Gyros das Absinken im rückwärtigen Steuerbord-Quadranten registrierten, versuchte der automatische Pilot, die Wasserdüsen des betreffenden Schwimmers auf Höchstleistung zu bringen, was natürlich nicht gelang. Das Schiff sank an dieser Stelle immer tiefer. Als der automatische Pilot schließlich durch das Absinken des vorderen Backbordschwimmers kompensieren wollte, war es zu spät. Das achtern herunterhängende Rumpfstück der Steuerbordseite prallte gegen einen Wellengipfel – bei einer Geschwindigkeit von fünfundsechzig Knoten –, und die *Haifisch* schlug einen Salto. Durch das Eintauchen ins Wasser wurde ihre Geschwindigkeit abrupt aufgezehrt, das Schiff kam auf seinen Doppelrümpfen zu liegen und trieb schließlich schwankend auf der Dünung.

Außen zeigte die *Haifisch* kaum Anzeichen einer Beschädigung, und in der Hülle befanden sich nur ein paar geringfügige Dellen. Die Propeller waren abgetrennt worden, als sie sich überschlagen hatten.

Innen sah es anders aus. Die meisten der Apparaturen und auch ein paar Männer hatten keinen Schaden erlitten. Aber die anderen sahen um so schlimmer aus.

Winkle und Ishihara waren bewußtlos, obwohl sie noch immer auf ihren Sitzen hockten. Beide waren nach vorn geschleudert worden, gegen ihre Kontrollpulte, und waren mit unappetitlichen Fragmenten des zerteilten Zeowals drapiert. Ishiharas Kopf hatte die Skalenscheibe seines Unterwasserschallmeßgeräts zerschmettert, und unzählige blutende Schnittwunden bedeckten sein Gesicht.

Die Schachspieler hatten Spuren auf der Kontrolltafel des Kranes hinterlassen und lagen nun verkrümmt daneben. Keiner der beiden blutete, aber Farrells Arme waren in einem so unnatürlichen Winkel verbogen, daß es unmöglich schien, daß er keine Knochenbrüche davongetragen hatte. Dandridge stöhnte und versuchte auf die Beine zu kommen. Er und Mancini waren die einzigen, die bei Bewußtsein waren.

Der Mechaniker hatte mit dem Gesicht nach Steuerbord auf einem Stuhl gesessen, als der Aufprall eintrat. Er war auf seinem Stuhl nicht festgeschnallt gewesen, und bevor er durch das Laboratorium geschleudert werden konnte, verfing sich sein rechtes Bein irgendwo. Es wurde nicht völlig vom Körper getrennt, und merkwürdigerweise war die Haut unversehrt geblieben. Das war das einzige, was man unterhalb des Knies als sicher feststellen konnte.

Stubbs hatte neben dem Mechaniker gestanden. Später

stritten sie darüber, ob es gut oder schlecht gewesen sei, daß er links gestanden hatte. Rick konnte nirgendwo Halt finden, als er herumgeschleudert wurde, und wenn etwas dagewesen wäre, so wäre er weder schnell noch stark genug gewesen, um es zu erwischen. Er wußte nicht, was ihn während seines Fluges durch das Laboratorium traf. Die Bewegungen der *Haifisch* waren so wild, daß es das Deck oder die Lehne eines Pilotensitzes gewesen sein konnte. Offensichtlich war er aber mit der großen Flasche kollidiert, in der Mancini den Schleim gesammelt hatte, der an der Haut des Wales geklebt hatte. Aber sie wußten nicht, ob die Flasche zu diesem Zeitpunkt noch ganz gewesen war. Es ist sehr schwer zu verstehen, wie er es geschafft hatte, so viele Teile zu absorbieren, auch wenn die Flasche bereits zertrümmert war. Ebenso schwer begreiflich ist es, wie sich die Fragmente so weit über seine Anatomie ausdehnen konnten, wenn die Flasche noch unversehrt gewesen war.

Es war Stubbs, oder besser gesagt, sein Anblick, der Mancini in Bewegung versetzte. Es war eine komplizierte Aufgabe, sein zerschmettertes Bein zu befreien, aber nicht kompliziert genug, als daß er den Blick von dem Jungen abgewandt hätte, der ein paar Meter von ihm entfernt lag. Arterienblutungen waren etwas, das den Blick jedes Molekularchemikers magisch anzog.

Er fühlte sich übel, sein Bein schmerzte höllisch, aber die Übelkeit hatte andere Ursachen. Ob es der Anblick Ricks war oder der Schock, konnte er nicht sagen. Er bemühte sich, sein Bein zu ignorieren, als er über das Deck schwankte, obwohl das Bein selbst andere Gedanken zu hegen schien. Unglücklicherweise waren diese Gedanken nicht sehr zusammenhängend. Manchmal verlangte das Bein seine ganze Aufmerksamkeit, und dann wieder schien es sich von ihm zu lösen, zu verschwinden. Er drehte sich nicht um, um nachzusehen, ob es noch da war. Was vor ihm war, das war viel wichtiger.

Der Junge hatte noch Blut, als Mancini ihn erreichte, und sein Herz funktionierte noch und pumpte es durch den Körper. Er verlor die Flüssigkeit nicht so schnell, wie es von weitem ausgesehen hatte, aber offensichtlich mußte man etwas für seine rechte Hand tun – oder für das, was davon übriggeblieben war, den Daumen und etwa die halbe Handfläche. Als der Mechaniker studiert hatte, war man in den Erste-Hilfe-Kursen gerade von der Aderpresse abgekommen, aber er hatte ein Alter erreicht, in dem er seine eigene Urteilskraft über Regeln stellte. Er benutzte einen Gürtel als Aderpresse.

Nachdem er die anderen Verletzungen des Jungen inspiziert hatte, stellte er fest, daß er im Augenblick nichts dagegen unternehmen konnte. Sie bluteten langsam, und eine erste Hilfe wurde durch die Glassplitter erschwert, die aus den Wunden ragten. Gesicht, Brust und Beine waren aufgeschlitzt, aber die Blutung war nicht sehr schlimm, wie Mancini zumindest hoffte. Die kleineren Wunden gerannen bereits.

Dandridge war bereits wieder auf den Beinen, stark angeschlagen, aber offensichtlich hatte er das Unglück am besten von den sechs Männern überstanden.

„Was kann ich tun, Marco?" fragte er. „Alle anderen sind bewußtlos. Soll ich..."

„Tu nichts mit ihnen, bevor wir nicht sicher sind, daß sie sich nicht das Rückgrat gebrochen haben. Solange sie bewußtlos sind, geht es ihnen noch verhältnismäßig gut. Zumindest wäre das bei mir der Fall."

„Es sind doch Drogen im Erste-Hilfe-Kasten! Ich könnte dir eine Betäubungsspritze geben."

„Noch nicht. Wenn das Bein zu schmerzen aufhört, verliere ich womöglich das Bewußtsein. Und ich muß wach bleiben, bis Hilfe eintrifft. Die Ausrüstung des Laboratoriums ist nicht auf Reparaturen eingerichtet, aber wenn damit improvisiert werden muß, so muß ich es tun. Aber ich könnte mich besser bewegen, wenn das Bein geschient wäre."

Fünf Minuten später befand sich Mancinis Bein von der Mitte des Oberschenkels abwärts in einer plumpen, aber verhältnismäßig festen Hülle aus hartgewordenem Schaumstoff. Das Bein schmerzte noch immer, aber Mancini konnte sich jetzt bewegen, ohne befürchten zu müssen, daß er damit dem Bein noch mehr Schaden zufügte.

„Gut. Und jetzt sieh nach, ob die Kommunikationsausrüstung die Erschütterung überstanden hat. Ich werde sehen, was ich für die anderen tun kann. Bewege den Captain und Ishi nicht. Rühre sie nicht an, bevor ich sie behandelt habe."

Dandridge ging zur Kontrolltafel der Kommunikationssektion und begann auf Schalter zu drücken. Er war kein ausgebildeter Radiomann. Ein solcher Spezialist befand sich nicht auf der *Haifisch*, aber wie jedes kompetente Mannschaftsmitglied, konnte er die Geräte des Schiffes unter normalen Umständen bedienen. Rasch stellte er fest, daß die Empfangsgeräte nicht funktionierten, aber der Sender schien intakt zu sein. Er drückte auf die erforderlichen Knöpfe und berichtete der Außenwelt vom traurigen Zustand der *Haifisch*. Er wußte nicht, ob die Signale auch tatsächlich ihr Ziel erreichten, aber er war nicht sonderlich besorgt. Die *Haifisch* war theoretisch unsinkbar. Ein großer Teil ihres Volumens war mit Schaumstoff gefüllt, der sie über Wasser halten würde. Das Problem war nur, ob Hilfe eintreffen würde, bevor es für die verletzten Männer nicht zu spät war.

Nachdem er zehn Minuten lang gesendet hatte, kehrte Dandridge zu dem Mechaniker zurück und fand ihn reglos auf dem Deck. Einen Augenblick lang dachte Dandridge, er habe das Bewußtsein verloren, aber dann sprach Mancini.

„Ich habe alles getan, was mir im Augenblick möglich war. Ich habe Joes Arme geschient und Ricks Blutungen gestoppt. Ishi hat eine Schädelfraktur und der Captain zumindest eine Gehirnerschütterung. Bewege die beiden nicht. Wenn es dir gelungen ist, in Kontakt mit der *Guppy* zu kommen, dann berichte ihnen von den Verletzungen. Wir brauchen Geninformationen aus Denver für Rick, wahrscheinlich auch für Ishi und für den Captain. Und dann sollen sie gleich beginnen, Blut für Rick herzustellen, sobald sie die Gendaten haben. Er hat ziemlich viel Blut verloren."

„Ich weiß nicht, ob ich Kontakt habe, aber ich werde es Ihnen auf jeden Fall sagen", erwiderte Dandridge und kehrte an die Kontrolltafel zurück. Von dort drehte er sich noch einmal um. „Brauchst du nicht selbst Reparaturen?"

„Nicht, solange die Fragmente meines Beines so schmerzen. Erzähle ihnen nur, daß ich mehrfache Beinfrakturen habe. Wie ich Bert Jellinge kenne, werden Genblöcke für uns alle in den Maschinen wachsen, noch bevor wir auf der *Guppy* sind."

Dandridge musterte ihn besorgt.

„Soll ich dir nicht doch lieber eine Spritze geben? Du sagtest ja, du hättest alles getan, was du tun konntest, und es tut dir vielleicht ganz gut, ein wenig zu schlafen und die Schmerzen zu vergessen. Nun?"

„Gib erst den Bericht durch. Ich kann es noch aushalten. Außerdem habe ich nur unvollkommene Arbeit leisten können. Wenn die Wellen stärker werden sollten, muß ich die Burschen neu versorgen. Wenn du den Bericht durchgegeben hast, sieh nach Rick. Ich glaube, seine Blutungen haben aufgehört, aber solange er nicht auf dem Reparaturtisch liegt, habe ich keine ruhige Minute."

„Dann willst du also wach bleiben?"

„Von Wollen kann keine Rede sein. Aber wenn du in

dem Zustand des Jungen wärst, würdest *du* es dann gern sehen, wenn ich einschliefe?“

Darauf wußte Dandridge keine Antwort und wandte sich dem Kommunikationsgerät zu.

Seine Signale wurden gehört. Die *Seeal*, der Fischtender, der sich in der Nähe der *Haifisch* befand, bewegte sich bereits auf das beschädigte Schiff zu. Sie hatte vierzig Kilometer zurückzulegen. Auf der *Guppy* hatte der Chefmechaniker Mancinis Voraussagen wahr gemacht. Er hatte bereits mit Denver Kontakt aufgenommen, und Rick Stubbs Genkode wurde bereits abgestrahlt. Glücklicherweise waren die Kommunikationskanäle gerade von der Überstrapazierung entlastet worden, die eine gefährliche Explosion in Pittsburgh verursacht hatte. Dabei waren fünfzig Leute so schwer verletzt worden, daß Reparaturen dritten Grades erforderlich waren. Die Durchgabe der Daten würde über eine Stunde in Anspruch nehmen, auch bei Höchstgeschwindigkeit. Aber schon während der ersten zehn Minuten würde man genug Informationen erhalten, die dann mit den Daten im Computer der *Guppy* kombiniert werden konnten, um mit der Herstellung des Blutes beginnen zu können.

Das große Mutterschiff fuhr bereits zum Schauplatz des Unfalls, um den Weg der *Seeal*, die die Opfer an Bord nehmen würde, abzukürzen. Das Operationszentrum auf Kap Farewell hatte angeboten, eine Mastodon zu schikken, einen der gigantischen Hubschrauber, die imstande waren, ein Schiff von der Größe der *Haifisch* zu transportieren. Nach kurzer Überlegung hatte der Kommandant der *Guppy* das Angebot abgelehnt. Damit hätte man sogar Zeit verloren.

Mancini hätte dem Kommandanten recht gegeben, wenn er an der Diskussion hätte teilnehmen können. Aber als Dandridge zum zweitenmal seinen Bericht durchgegeben hatte, war der Mechaniker bereits in Ohnmacht gefallen.

Dandridge nahm an, daß die Bewußtlosigkeit seinem Freund nur gut tun konnte. Aber er war nicht allzu glücklich darüber, daß er nun der einzige an Bord war, der die Verantwortung zu tragen hatte. Die halbe Stunde, die die *Seeal* brauchte, um die *Haifisch* zu erreichen, verstrich nicht sehr angenehm für ihn, obwohl nichts passierte. Sogar sechzig Jahre später, wenn die Geschichte bereits mit schweren nordatlantischen Winterstürmen ausgeschmückt wurde, fand er keine adäquaten Worte, um seine Gefühle während dieser dreißig Minuten zu beschreiben.

Die Struktur der Schiffe ließ einen Transfer zu, wenn sie Bug an Bug lagen, aber das war nur bei ruhiger See möglich. Bei dem jetzigen Wellengang gelang es dem Kommandanten der *Seeal* nicht, den Bug näher als bis auf zehn Meter an das beschädigte Schiff heranzubringen.

Ein Taucher sprang von der *Seeal* ins Wasser und schwamm zu dem hilflosen Schiff. Dandridge sah ihn kommen, ging zu seiner Schalttafel, und zu seiner Überraschung ließ sich die Klappe öffnen, und auch die Leiter senkte sich herab. Ein paar Sekunden später stand der Taucher neben ihm auf dem Deck.

Nachdem Dandridge ihm die Situation zehn Sekunden lang erklärt und er selbst sich zwei Sekunden lang umgesehen hatte, war ihm alles klar. Er sprach in das Funkgerät, das zu seinem Taucheranzug gehörte, und wenige Sekunden später löste sich ein Floß mit zwei weiteren Männern von der *Seeal*. Einer davon war ein Mechaniker, und er verschwendete keine Zeit.

„Hüllt die Körper in Schaumstoff. Nur die Gesichter nicht. Dann können wir sie auf die Reparaturtische bringen, ohne daß sie irgendwelche Gliedmaßen bewegen. Sie sagten, Marco glaube, daß es Schädel- und Rückgratfrakturen gäbe?“

„Er sagte, Ishi haben einen Schädelbruch und Winkle könnte möglicherweise einen haben. Und er meinte, wir müßten vorsichtig sein, weil auch Rückgratverletzungen denkbar sind.“

„Gut. Ruhen Sie sich aus. Ich mache das schon.“ Der Neuankömmling ging an die Arbeit.

Zwanzig Minuten später glitt die *Seeal* der *Guppy* entgegen.

Rick Stubbs wußte, wo er war, als er die Augen öffnete. Aber er hatte nicht die leiseste Ahnung, wie er hierhergekommen war. Er konnte sehen, daß er von Bluttransfusionsinstrumenten umgeben war, von elektronischen Kreislaufanregern und Nervensystemstärkern, von einem Sammelsurium aus Nadeln, Kapillargefäßen und Computern, die zu einer Regenerationsausrüstung gehörten. Aus all dem konnte er entnehmen, daß er verletzt worden war. Die Tatsache, daß er den Kopf und den rechten Arm nicht bewegen konnte, bestätigte diese Vermutung. Aber er hatte keine Ahnung, welcher Art seine Verletzungen waren und wie er sie sich zugezogen hatte.

Er erinnerte sich, daß er mit Mancini im Laboratorium gesprochen hatte. Aber er wußte nicht mehr, was sie zuletzt gesagt hatten. Das Bild war verwischt, als er aus dem Nebel der Bewußtlosigkeit auftauchte.

Er konnte niemanden sehen. Aber vielleicht lag das daran, daß er den Kopf nicht wenden konnte. Konnte er sprechen? Es gab nur eine Möglichkeit, das herauszufinden.

„Ist hier jemand? Was ist mit mir passiert?“ Es klang nicht wie seine eigene Stimme, und die Anstrengung des Sprechens verursachte Schmerzen in seiner Brust und im Magen. Aber offensichtlich waren seine Worte verstanden worden.

„Wir sind alle hier, Rick. Ich dachte mir schon, daß du jetzt aufwachen würdest.“ Mancinis Kopf erschien in Stubbs’ begrenztem Blickfeld.

„Wir sind *alle* hier? Sind alle verletzt? Was ist passiert?"

„Ich muß mich ein wenig korrigieren – die meisten von uns sind hier. Einer nicht mehr. Mach dir nicht die Mühe, Fragen zu stellen. Ich weiß, daß du Schmerzen beim Sprechen hast. Ich erzähle dir alles. Gil war vor einer Weile noch hier. Aber er hatte nur geringfügige Verletzungen und ist bereits wieder auf seinem Posten. Wir anderen waren schwerer verletzt. Mein rechtes Bein war ein Puzzlespiel. Bert verbrachte spannende und interessante Stunden damit. Ich dachte schon, er müßte es abnehmen und ein neues machen, aber er schaffte es in fünf Stunden manueller Reparatur und in zwei Stunden Regeneration, und so werden mir die paar Monate, die ich vielleicht in einem Computer hätte verbringen müssen, erspart. Ich bin noch immer geschient, aber nur mehr für ein paar Tage.

Bis jetzt weiß niemand, was eigentlich passiert ist. Offenbar ist die *Haifisch* bei voller Geschwindigkeit gegen irgend etwas gestoßen. Sie schleppen das Schiff ab. Ich hoffe, wenn man es untersucht, wird man feststellen können, was mit der *Haifisch* geschehen ist."

„Was ist mit den anderen?"

„Ishi ist angeschlossen. Er wird etwa eine Woche Computer-Regeneration brauchen. Aber genau kann man das erst sagen, wenn wir die Schäden in seinem Gehirn festgestellt haben, und das können wir erst, wenn er das Bewußtsein wiedererlangt hat. Er hatte eine schlimme Schädelfraktur. Der Kapitän war auch bewußtlos, und bei der ersten Untersuchung konnte ich ein paar gebrochene Rippen feststellen, die schwere innere Verletzungen verursachten. Bert versucht immer noch, ihn ohne Regeneration hinzukriegen, aber ich glaube nicht, daß er es schafft."

„Sie haben doch auch nicht geglaubt, daß er Sie hinkriegt."

„Das stimmt. Aber vielleicht konnte ich mir nur nicht

vorstellen, daß ich es geschafft hätte. Vielleicht fällt es mir schwer, zuzugeben, daß Jellinge ein besserer Mechaniker ist als ich."

„Und was ist mit Joe?"

„Beide Arme gebrochen und viele Verletzungen. Aber er wird bald in Ordnung sein. Bleibst noch du übrig, mein Junge. Du bist nicht direkt ein kritischer Fall, aber du wirst einige Prozeduren über dich ergehen lassen müssen. Legst du viel Wert auf deine Fingerabdrücke?"

„Wie? Ich verstehe nicht..."

„Der Großteil deiner rechten Hand wurde zerschnitten, offenbar von Glassplittern meiner Flasche. Ben Turley von der *Seeal*, die uns aufgelesen hat, fand die fehlenden Teile deiner Hand und brachte sie uns. Sie sind jetzt in einer Kultur."

„Was hat das mit meinen Fingerabdrücken zu tun? Warum haben Sie oder Jellinge die fehlenden Teile nicht wieder angenäht?"

„Weil einige Zweifel bezüglich ihres Zustands bestehen. Es war eine Stunde nach dem Unfall, bevor sie in die Kultur kamen. Du weißt noch, daß Gehirnschäden entstehen können, wenn die Sauerstoffzufuhr ein paar Minuten lang gestoppt wird. Knochen, Sehnen und Gelenke sind natürlich nicht so empfindlich wie das Gehirn, aber chemisch gesehen ist eine Stunde eine sehr lange Zeitspanne. Und ein Anpflanzen verlangt nach Heilkräften, die ebenso von der genetischen Integrität abhängen wie von der nervlichen Aktivität. Wir waren nicht sicher, ob es in deinem Fall richtig gewesen wäre, die Handteile wieder anzupflanzen. Es ist die Frage, ob wir deine Hand wieder zusammenfügen oder ob wir dir eine neue wachsen lassen. Deshalb fragte ich dich, ob du Wert auf deine Fingerabdrücke legst."

„Würde eine neue Hand nicht die gleichen Abdrücke haben?"

„Dieselbe Klassifizierung, die genetisch festgelegt ist, aber die Details werden vom Zufall bestimmt."

„Was würde länger dauern?"

„Wenn die Hand in dem Zustand ist, daß eine Anpflanzung möglich ist, wäre diese Methode die schnellere – etwa eine Woche würde es dauern. Wenn das nicht geht, dauert es ungefähr sechs– bis achtmal so lange."

„Und wann werden Sie sich entscheiden?"

„Bald. Ich fragte mich, ob du vielleicht das eine oder andere lieber hättest. Welcher Methode würdest du den Vorzug geben?"

„Ich kann ja nicht wissen, was besser ist. Warum fragen Sie mich?"

„Aus verschiedenen Gründen. Ich werde sie dir sagen, wenn du zwei Jahre lang in Molekularmechanik ausgebildet sein wirst, wenn du dich für diesen Beruf entschließen solltest. Du hast mir noch immer nicht gesagt, welche Methode du bevorzugen würdest."

Der Junge betrachtete ihn eine volle Minute lang schweigend. Er dachte nicht über die Antwort nach, die Mancini von ihm erwartete, sondern er fragte sich, welche Gründe der Mechaniker haben mochte, ihm diese Frage zu stellen. Schließlich gab er es auf.

„Ich glaube, ich hätte lieber meine Originalhand, wenn die Möglichkeit besteht, daß sie mir wieder angepflanzt wird", sagte er. „Dann müßte ich nicht so lange in der Maschine stecken und warten, bis mir eine neue Hand wächst."

„Gut, dann versuchen wir es auf diese Art. Natürlich wirst du so oder so eine Weile in der Maschine bleiben müssen. Wenn wir also Schwierigkeiten mit der Hand haben sollten, wird sich das nicht auf deine Zeit auswirken."

„Wie meinen Sie das? Ist außer der Hand noch etwas nicht in Ordnung?"

„Hast du nicht bemerkt, daß dein Kopf festgeklemmt ist?"

„Ja, sicher. Ich stellte fest, daß ich ihn nicht bewegen

kann, aber ich hatte keine Ahnung, daß etwas damit nicht in Ordnung ist. Was ist mit meinem Kopf passiert?"

„Die Splitter von der Flasche verletzten dein Gesicht."

„Warum kann ich dann so gut sehen und sprechen?"

„Wenn ich das wüßte, dann würde ich zu arbeiten aufhören und mein Leben als Berufsspieler fristen. Als ich dein Gesicht sah, nachdem es gereinigt und die Glassplitter entfernt worden waren, fragte ich mich, ob nicht irgendein bestimmter Plan in der Anordnung der Splitter gelegen haben konnte. Es war geradezu unglaublich."

„Wie war es denn? Können Sie es nicht genauer beschreiben?"

„Offen gesagt, lieber nicht. Es existieren natürlich Fotos, aber ich werde dafür sorgen, daß du sie erst zu Gesicht bekommst, wenn du wiederhergestellt bist. Dann kannst du in den Spiegel gucken, um dich über dein neues Aussehen zu beruhigen, falls sich dir beim Anblick der Fotos der Magen umdrehen sollte. Nein...", sagte er entschlossen, als Stubbs ihn unterbrechen wollte, „ich respektiere deine innere Festigkeit, aber ich bezweifle, ob du sie aufrechterhalten kannst, wenn du mit der Realität konfrontiert wirst. Ich könnte es kaum, wenn es sich um mein Gesicht handeln würde." Mancini mußte an die schrecklichen Augenblicke denken, als er sein ruiniertes Bein über das Deck der *Haifisch* geschleppt hatte, zu dem blutenden Körper des Jungen.

Rick verfolgte das Thema nicht weiter, denn plötzlich war ihm ein anderer Gedanke gekommen.

„Sie lassen mein Gesicht regenerieren, ohne mich zu fragen, ob ich es so haben will wie mit meiner Hand, nicht wahr?"

„Ja."

„Das bedeutet also, mein Gesicht ist so schwer verletzt, daß es mit der normalen Heilmethode nicht wiederhergestellt werden kann."

Mancini verzog die Lippen und dachte eine Weile nach, bevor er antwortete.

„Es würde natürlich heilen. Wenn man dein Alter in Betracht zieht, könnte es sogar heilen, ohne daß große Narben zurückbleiben. Aber das Risiko, daß zu viele sichtbare Narben bleiben, ist doch zu groß."

Stubbs lag schweigend da und starrte zur Decke empor. Der Mechaniker war überzeugt, daß der Gesichtsausdruck des Jungen nachdenklich war. Sehen konnte er es nicht, weil der Großteil von Stubbs' Gesicht verdeckt war. Er fragte sich, was den Jungen beunruhigte. Soweit er es nach der Zusammenarbeit mit ihm beurteilen konnte, war Stubbs kein Feigling. Und er konnte sich auch nicht vorstellen, wovor sich Stubbs fürchtete. Aufgrund seines Berufs waren Wachstumsprozesse, natürliche oder künstliche, nichts Aufregendes für ihn. Stubbs schwebte keineswegs in der Gefahr, mißgestaltet oder verkrüppelt zu bleiben oder starke Schmerzen ertragen zu müssen. Aber irgend etwas beunruhigte den Jungen offensichtlich.

„Marco, wo hört bei Wachstumsprozessen die genetische Kontrolle auf?" fragte Stubbs schließlich. „Und wo setzt die Wirkung der Statistik ein?"

„Das kann man nicht exakt und allgemein beantworten. Genetische Faktoren sind Wahrscheinlichkeitsfaktoren, aber sie besitzen einen so hohen Wahrscheinlichkeitsgrad, daß wir von Stabilität sprechen. Ich habe mit dir über die Fingerabdrücke gesprochen, aber jede Situation erfordert eine andere Antwort."

„Was Sie über die Fingerabdrücke sagten, hat mich nachdenklich gemacht. Sie werden mein Gesicht wiederherstellen. Sie sagen mir nicht, was alles neu gemacht werden muß, aber Sie gaben zu, daß es auch auf normalem Weg heilen könnte. Wenn Sie mein Gesicht wiederherstellen, wie ähnlich wird es meinem Originalgesicht sein? Wann und wie wird der statistische Faktor wirken?“

„Statistische Faktoren gibt es überall, während des gesamten Prozesses“, erwiderte Mancini. „Das sagte ich dir schon. Dein Gesicht müßte dem alten so ähnlich sehen, wie sich die Gesichter von Zwillingen gleichen, und auch aus demselben Grund. Jemand, der Zwillinge sehr gut kennt, kann sie für gewöhnlich auseinanderhalten, aber dein altes Gesicht wird nicht mehr existieren, und man wird also keine Vergleiche anstellen können. Ich verspreche dir, daß niemand an deiner Identität zweifeln wird.“

„Außer, es geht etwas schief.“

„Wenn etwas schiefgeht, können wir die Prozedur wiederholen.“

„Es könnte wirklich etwas schiefgehen.“

Mancini hätte durchaus zugegeben, daß die Sonne am nächsten Tag nicht aufgehen würde, wenn genug passieren sollte, um es zu verhindern. Er leugnete auch nicht, daß der Junge recht haben könnte, und fühlte sich leicht irritiert.

„Heißt das, daß du nicht willst, daß wir die Arbeit tun? Willst du lieber die Narben in Kauf nehmen?“

„Warum müssen überhaupt Narben entstehen? Warum kann ein normales genetisches Material nicht noch einmal das bilden, was es bereits einmal gebildet hat? Manchmal ist das doch der Fall. Warum nicht immer?“

„Das kann man schwer erklären. Es hat etwas mit den Faktoren zu tun, die deine Nase am Wachsen hinderten, bevor sie die Ausmaße eines Elefantenrüssels erreichte, oder genauer gesagt, mit den Faktoren, die dein gesamtes Wachstum stoppten.“

„Kann man diese Faktoren in einem besonderen Fall genau messen?“

„Ziemlich genau.“

Stubbs verfolgte dieses Thema mit einem Eifer, der dem Mechaniker zu denken hätte geben sollen.

„Dann können Sie doch sagen, ob die Wunden in meinem speziellen Fall Narben hinterlassen werden."

„Ich – nun ja, ich nehme es an. Es würde... Hm, ich werde darüber nachdenken. Normalerweise würden wir dein Gesicht ganz einfach wiederherstellen. Was hast du eigentlich dagegen? Wir setzen die Dinge zusammen und beobachten dann den Prozeß, korrigieren, wenn etwas nicht richtig ist, und folgen genau dem Plan, nach dem dein ursprüngliches Gesicht entstanden ist."

„Ich verstehe noch immer nicht, warum mein Körper diesen Plänen nicht ohne Ihre Hilfe folgen kann."

„Nun, keine Analogie ist vollkommen. Aber grob gesagt – deshalb, weil die Zellen, die sich teilen müssen, um das Wachstum zu gewährleisten, die Pläne, die sie für die Originalkonstruktion brauchten, abgestempelt haben, als die Produktion vollendet war. Und die Stempel haben einiges von den Linien der Pläne verdeckt."

Mancini verlor langsam die Geduld, was sein Tonfall verriet. Theoretisch hätte sein Bein ihm keine Schmerzen bereiten dürfen, aber er stand jetzt schon seit geraumer Zeit, und jeder Molekularmechaniker hätte ihm gesagt, daß beim gegenwärtigen Stand seines Heilprozesses er nicht so lange stehen durfte. Warum ließ der Junge nicht locker?

Entweder bemerkte Stubbs Mancinis gereizten Tonfall nicht, oder er kümmerte sich nicht darum.

„Aber die Pläne, die Informationen, existieren doch noch. Sogar ich weiß soviel über Molekularbiologie. Ich habe noch nicht gelernt, Ihre Analysatoren zu benutzen, und noch weniger, die Resultate auszuwerten. Aber ich verstehe nicht, warum es schwieriger sein soll, die Pläne trotz der Stempel zu lesen, als die Fähigkeit des magnetischen Schleimes festzustellen, Eisen aus den Zellen zu ziehen."

„Deine Frage lautete, warum dein Körper es nicht schafft. Verändere nicht mitten im Spiel die Spielregeln.

Ich sagte, es sei ungewöhnlich, es auf deine Methode zu machen, und ich verstehe auch nicht, was du damit gewinnen willst. Du würdest unsere Arbeit verdoppeln. Ich bin nicht direkt faul, aber diese Arbeit ist ohnehin schon kompliziert und zeitraubend genug. Wenn jemand dein Porträt malen soll und dich gefragt hat, ob du es auf Papier oder auf Leinwand haben willst, würdest du ihn dann noch fragen, welche Farbtöpfe und Pinsel er benutzt?"

„Das halte ich nicht für eine gute Analogie. Ich will doch nur wissen, was ich zu erwarten habe..."

„Du *kannst* nicht wissen, was du zu erwarten hast. Das kann niemand. Du mußt dich mit den Unsicherheiten abfinden. Aber du hast den Vorteil, daß du wenigstens annähernd weißt, was dich erwartet. Und jetzt bitte ich dich, mir zu sagen, ob du willst, daß Bert und ich den Heilprozeß deines Gesichts kontrollieren, oder ob du es sich selbst überlassen willst."

„Aber wenn man Pflanzen züchten kann, die Sandwiches statt Kürbisse hervorbringen, warum..."

Mancini machte eine ungeduldige Handbewegung. Er konnte den Jungen gut leiden und hoffte immer noch,, ihn für seine Arbeit zu begeistern, aber es gab gewisse Grenzen.

„Hör endlich mit dem Gerede auf und gib mir eine klare Antwort auf eine klare Frage. Ich kann dir versprechen, daß dein Gesicht keine Narben behalten wird. Und die Chancen, daß du keine Narben behältst, wenn du dein Gesicht auf normale Art heilen läßt, stehen fünfzig zu fünfzig. Wenn du uns den Job tun läßt, wird nicht einmal deine Mutter merken, daß an dir eine Regeneration vorgenommen wurde. Du hast das Recht, selbst die Entscheidungen zu treffen, was deine Gesundheit betrifft. Wozu entschließt du dich also?"

Rick antwortete erst nach zwei Minuten. Still lag er da, und er vermied es, Mancini anzusehen.

„Also gut, tun Sie Ihr Bestes“, sagte er dann. „Wie lange, sagten Sie, wird es dauern?“

„Ich kann mich nicht erinnern, daß ich das gesagt habe. Aber wahrscheinlich wird es zwei Wochen dauern.“

„Wann werden Sie beginnen?“

„Nachdem ich geschlafen habe. Dein Blut ist wieder normal. Nichts kann uns noch aufhalten. Welche Bücher möchtest du?“

„Eh?“

„Dein Kopf muß noch eine Zeitlang festgeklemmt bleiben. Du kannst nur in eine Richtung blicken, gerade nach oben. Mit der linken Hand kannst du einen Schalter bedienen, und ein Projektor kann die Buchseiten an die Decke werfen. Ich weiß nicht, womit du dich sonst beschäftigen sollst. Willst du leichte Unterhaltungsliteratur oder interessierst du dich für die ‚Grundlagen der Biochemie‘?“

Eine Regenerationsmaschine wirkt plump, obwohl sie in ihrer Struktur sehr kompliziert ist. Ihre Sensoren sind kleiner im Durchmesser als menschliche rote Blutkörperchen, und es gibt Millionen davon. Die Injektoren und Prüfer sind nur so groß, daß Zellen in ihre Röhren passen, und auch sie sind zu zahlreich, als daß das Gerät auf mechanischem Weg hätte konstruiert werden können. Der Steuercomputer mit seinen mehr als zwei Kubikmetern „Maschinen“ von Molekülgröße basiert denn auch auf einem synthetischen Zeolit-Rahmen. Es dauert etwa einen Tag, bis die Gendaten, die für einen speziellen Fall erforderlich sind, in den Computer selbst gelangen. Und es hätte ein ganzes Leben gedauert, wenn man das manuell gemacht hätte.

Die Grenze zwischen zwei anscheinend so verschiedenen Gebieten wie Medizin und Technik war bei der Regenerationsmaschine verwischt. Marco Mancini und Bert Jellinge betrachteten sich als Mechaniker. Es ist schwer zu sagen, als was sie ein paar Dekaden früher bezeichnet worden wären. Sogar zu der Zeit, als sie geboren worden waren, hätten kaum zehn Ärzte auf der ganzen Welt all das gewußt, was zu ihrer Grundausbildung gehörte.

Als sie die Vorbereitungen ihrer Arbeit an Rick getroffen hatten, bildeten etwa fünf Millionen Sensorenfühler einen Bart auf dem Gesicht des Jungen. Die meisten drangen am Rand der verletzten Teile in die Haut. Fünfhundert der Fühler bildeten mit größeren Röhren eine Einheit. Die Fühler informierten den Computer über die genetischen Muster, die im Verlauf des Heilprozesses aktiv waren – oder wenigstens über eine statistisch signifikante Anzahl von genetischen Mustern. Wann immer diese Aktivitäten nicht das erreichten, was sie nach Meinung des Computers erreichen sollten, nahm eine der größeren Röhren eine Zelle aus dem betreffenden Gebiet und transferierte sie in einen großen Brutapparat – „groß" in dem Sinn, daß er ohne Mikroskop gesehen werden konnte – direkt auf der Oberfläche von Ricks Haut. Hier wurde die Zelle analysiert und so verändert, daß der Heilprozeß ohne Zwischenfälle weitergehen konnte.

Wenn irgend etwas nicht plangemäß verlief, wurden Zellen modifiziert, aktive Teile des genetischen Materials verändert, inaktive Teile aktiviert. Die reparierten Zellen wurden geteilt und wieder an ihren Originalplatz transferiert.

Fast alles geschah automatisch. Zu viele Operationen gingen gleichzeitig vor sich, als daß man sie manuell hätte kontrollieren können. Trotzdem waren Mancini und Jellinge beschäftigt. Kein Leben, weder das wirkliche noch das künstliche, ist unfehlbar, und auch Computer können irren.

Auch Zellen, die nicht das besondere Interesse des Computers erregt hatten, die aus Gebieten stammten, wo alles in Ordnung zu sein schien, wanderten durch die Röhren. Sie gingen weiter als bis zum Brutapparat. Sie kamen an eine Stelle, wo ein menschlicher Beobachter sie mittels Mikroskop betrachten konnte. Das alles geschah vierundzwanzig Stunden pro Tag, und die beiden Mechaniker wurden von vier anderen von Zeit zu Zeit am Mikroskop abgelöst.

Die Fühler und Röhren, die am weitesten von den verletzten Stellen waren, zogen sich konstant zurück, ertasteten sich den Weg zur Aktionsfront, pflanzten selbst neu ein, von chemischen Anhaltspunkten geleitet.

Während die Tage verstrichen, bildeten sich allmählich Haut, Fleisch und Muskeln, Nerven, Knochen und Venen an den richtigen Stellen an Stubbs' Gesicht und Hand. Das Gesicht war, wie Mancini vorhergesagt hatte, zuerst fertig. Bei der abgetrennten Hand mußten die meisten Zellen neu gebildet werden.

Als Ricks Kopf nicht mehr festgeklemmt war, bat er den Mechaniker um einen Spiegel. Mancini trug ihn bereits bei sich und reichte ihn dem Jungen. Er beobachtete, wie Rick sein Gesicht hin und her drehte und es aus jedem möglichen Blickwinkel musterte. Er hätte erwartet, daß ein Mädchen sich so benahm. Aber warum führte der Junge sich so auf?

„Nun, bist du immer noch derselbe?“ fragte Mancini schließlich. „Wenigstens hast du deine Fingerabdrücke behalten.“

Rick senkte den Spiegel.

„Vielleicht hätte ich doch eine neue Hand nehmen sollen. Mit neuen Fingerabdrücken hätte ich vielleicht unerkannt einen Banküberfall begehen und die Wartezeit bis zu meinem wohlverdienten Ruhestand verkürzen können.“

„Glaube das ja nicht“, erwiderte Mancini grinsend. „Deine neuen Fingerabdrücke wären zusammen mit deinen Gendaten längst in Denver in deiner Spezialakte festgehalten, noch bevor du aus der Maschine gekommen wärst. Ich mußte eine schriftliche Darstellung der Operation einreichen, bevor ich damit beginnen konnte. Also vergiß deine geplanten Vorhaben.“

Stubbs zuckte mit den Schultern.

„Ich bin nicht besonders enttäuscht, weil ich die Verbrecherlaufbahn nicht ergreifen kann. Wie lange wird es dauern, bis ich mit dieser Hand einen Brief schreiben kann?"

„Etwa zehn Tage. Aber warum willst du dir die Mühe machen, einen Brief zu schreiben? Du kannst reden, mit wem du willst. Hast du nicht jeden Tag deine Eltern im Visiphon gesehen?"

„Ja. Haben Sie eigentlich herausgefunden, warum die *Haifisch* verunglückt ist?"

Mancini schnitt eine Grimasse.

„Allerdings. Sie wurde von demselben Zeug infiziert, das den Zeowal getötet hat. Hast du vielleicht nicht zufällig mit dem Fisch eine Strebe berührt, als du die Schlingen anbrachtest?"

Rick starrte ihn an.

„O Gott, ja! Ich drückte ihn gegen den Rumpf und an eine Strebe, weil er so glitschig war… Es tut mir leid – ich wußte ja nicht…"

„Natürlich wußtest du es nicht. Und ich auch nicht. Später dachte ich nie an diese Möglichkeit. Eine der Streben war durch das Zeug so geschwächt worden, daß sie bei voller Fahrt brach, und Newtons Gesetze erledigten den Rest."

„Aber bedeutet das nicht, daß auch die anderen Schiffe in Gefahr sind? Und was ist mit der *Guppy*? Kann man denn nichts dagegen tun?"

„Oh, sicher. Es wurde schon längst etwas getan. In wenigen Wochen wurde ein Virus, das dieses Gewächs vernichtet, hergestellt. Aber warum hast du das Thema gewechselt, Junge? Deine Leute haben angerufen. Ich konnte nicht umhin, eure Gespräche mitanzuhören, wenn ich auf Beobachtungsposten war. Warum willst du also unbedingt einen Brief schreiben?"

Er bemerkte mit professioneller Zufriedenheit, daß die

Röte sich gleichmäßig auf Ricks Gesicht ausbreitete. Die Kapillargefäße und Hilfsmuskeln und -nerven waren hervorragend gebildet worden.

„Rede schon, Junge!"

„Es ist – nicht so wichtig", stammelte Rick.

„Nicht wichtig – oh, ich verstehe. Nicht wichtig genug. Aber doch so wichtig, daß du dich in einen zitternden Einfaltspinsel verwandelst, der vor Angst umkommt, seine hübschen Gesichtszüge könnten sich womöglich ändern, der kaum fähig ist, simple Entscheidungen zu treffen. Aber ab jetzt wird ohnehin *sie* alle Entscheidungen treffen."

Rick errötete noch tiefer.

„Also gut, Marco. Sie haben recht! Und jetzt tun Sie Ihren Job und sehen Sie zu, daß meine Hand fertig wird, damit ich schreiben kann. Zumindest gibt es noch eine Form der Kommunikation, die Sie nicht mithören können, wenn Sie auf Posten sind."

„Deine Hand wird bald in Ordnung sein, Rick, und in wenigen Wochen wirst du lernen, damit zu schreiben."

„Was?"

„Es ist ein neues Nervennetz. Die Nerven sind etwas höher am Unterarm mit deinen alten Nerven verbunden. Du mußt neu lernen, deine rechte Hand zu gebrauchen."

Der Junge starrte ihn bestürzt an.

„Aber mache dir keine Sorgen. Ich werde mein Bestes tun, um die Zeit zu verkürzen. Aber die Sache mit dem Brief gehört nicht zu meinem Job. Ich bin nur ein Mechaniker. Wenn du liebeskrank bist, gehe besser zu einem Arzt."

ENDE